KB154474

나의 첫 차 수업

차, 이제 시작해 볼까요?

나의 첫 차 수업
차, 이제 시작해 볼까요?

ⓒ 김진방

초판 1쇄 발행 2023년 4월 17일

지은이   김진방
펴낸이   최갑수
디자인   이재희

펴낸 곳   얼론북
주소   경기도 파주시 회동길 145 아시아출판문화정보센터
전화   010-8775-0536
팩스   031-8057-6703
메일   alonebook0222@gmail.com
인스타그램   @alone_around_creative

ISBN   979-11-978426-8-9 (03810)

얼론북은 여러분의 소중한 원고를 기다립니다.

나의 첫 차 수업

차, 이제 시작해 볼까요?

김진방 지음

차 문화의 품격을 더하다

서해진

(이싱중한도자문화교류센터, 지유명차 갤러리 GU 대표)

책 원고를 파일로 받고 추천사 부탁을 받았을 때 나는 잠시 피렌체에 있었다. 전공하는 바는 아니고 전문가도 아니지만, 르네상스에 관심이 많다. 책 원고를 보기 전에는 사실 백과사전과 같은 취재 노트를 떠올렸다. 원고를 보고 바로 추천사를 써서 보내려다 말았다. 원고를 보고 그렇게 할 수가 없었다. 여정을 끝내고 귀국한 뒤에도 다시 며칠을 보고 또 보았다.

나는 2000년대 중반부터 2010년 중반까지 대략 10년 정도를 중국에서 상주했다. 그 시기 베이징에 주재하던 한국 기자단과 여러 차례 차회를 가진 적이 있었다. 그때 나누었던 이야기의 주제는 주로 차에 대한 정보를 위주로 한 것이었다. 지금처럼 중국 차 시장이 크지 않았고, 오히려 초기 성장기로 볼 수 있었다. 신기하고 궁금한 게 많았지만, 사건 사고도 많던 시절이었다. 지금은 상황이 많이 달라졌다. 2022년 중국의 제차制茶 기술이 세계문화유산으로 등재되기도 했지만, 중국의 차 산업은 경제적 이해를 넘어 이제 세계화를 향한 문화사업으로 육성되고 있다.

한국 차계는 중국과 역사와 문화는 물론 시장을 비롯해 여러 방면에서 중첩, 중복되어 있다. 그러다 보니 차가 우리에게 이롭다는 실용성에 동의하면서도, 한국적인 정체성을 정립하는 데 일정 부분 혼란을 주기도 한다. 어떤 차를, 왜, 그리고 어떻게 마시고 즐길 것인지에 관한 질문에 전문가(?)들도 쉽게 답을 못 하는 경우가 많다. 차를 만들고 유통하는 입장과 차를 마시는 입장에 따라 차를 분류하고 이해하는 기준이 사뭇 달라진다. 이것도 하나의 뉴스가 되는 셈일까? 김진방 기자님은 이를 뉴스 너머의 뉴스로 다루었다.

기자님을 처음 만난 건 몇 해 전 전주의 어느 차예관에서였다. 그는 보이차와 우롱차는 물론 자사차호에 대한 관심도 열렬했다. 이후 몇 차례 만남이 더 이어졌다. 그의 관심은 차에 대한 정보에서 점차 차라는 사물의 변천사와 시장에 넘쳐나는 수많은 차를 어떻게 분류할 지로 이행했다. 어느 날은 강의 형식으로, 어느 날은 차회 형식으로 만남이 이어졌다. 기자의 촉각보다는 차를 마시고 즐기려는 마음으로 말머리가 이어졌다. 추천사를 바로 쓰지 못하고 원고를 거듭 보게 된 이유 가운데 하나가 그런 마음이 자꾸 읽혀서다.

그런 마음이 좋았다. 차가 좋아 차를 소개하고 싶은 그의 마음은 글의 전개에서도 읽혔다. "저 차 한 잔 주세요!" 하고 싶도록 유혹하는 소제목의 나열도 눈에 띈다. 차를 처음 접하는 사람들일지라도 설레는 마음으로 차 한잔하게끔 소개하는 이야기도 유혹적이다. 팩트를 전하던 기자가 차에 빠져든 이야기를 보는데 기자가 맞나 싶을 정도다. 그저 차가 좋다며 달려가는 천진한 모습이 그려졌다.

꼼꼼히 읽다 보니 차가 좋다는 이야기 너머로 글쓴이의 고민도 보였다. 앞서 말한, 한국 차계가 지닌 한국적인 차 문화에 대한 고민이 책에서도 비치고 있었다. 시종일관 차가 좋다면서도 우리 눈앞에 있는 많은 종류의 차류茶類와 수많은 상품에 대해 쉽게 편견에 빠지지 않도록 잘 안내하려고 했다.

해결책도 자연스럽게 보였다. 차와 관련된 생산자와 유통자 그리고 소비자 사이의 공통 분모를 찾아 하나의 고리로 이어려는 노력이 보였다. 기자이면서 그냥 차를 만나 차를 좋아했고, 차가 좋아 차를 즐기게 된 이야기를 읽으니 알 수 있었다.

기자 업무로 보자면, 차는 모든 게 취재 대상이 되고, 이것저것 많은 것을 분별하며 해체했을 것이다. 하지만 그는 거기에만 머물지 않았다. 국적이나 생산자나 판매자를 따지며 제한하지 않았고, 차라는 보편성과 차마다 지닌 개성을 이야기하며 공존을 말하고 있었다. 그가 그럴 수 있었던 것은 차를 좋아하는 것을 넘어 차를 생활화했기 때문이 아닐까 싶다. 그가 하는 차 이야기는 몸에서 나오고 있다는 느낌이다.

원고를 읽고 남는 아쉬움은 글쓴이와 다음 찻자리 말머리로 삼고 싶다. 글쓴이는 이번 책을 자신의 경험담을 근거로 차 입문서쯤으로 썼다고 하는데, 이것이 묘수였을까! 수많은 현상現像이 나부끼는 국내 차 시장에서 본질本質을 생각하게 하는 차 책 한 권을 만나 즐겁다. 그 마음으로 추천의 글을 쓴다. 따뜻한 봄이 전하는 자연의 소식처럼!

향기롭고 달콤한 찻자리

김세리

(한국차문화산업연구소 소장)

특별히 좋은 것을 마주할 때면 가장 좋은 사람과 함께 나누고 싶다. 맛있는 음식이 그렇고 멋진 여행지의 풍광이나 예쁜 꽃, 나무들을 만나게 되면 소중한 이가 문득 떠오른다. 누구라도 그럴 것이다.

향 깊은 차 한 잔을 마주할 때도 마찬가지다. 이왕이면 차

이야기를 정답게 나눌 수 있는 다우茶友와 함께라면 더없이 기쁘고 즐거울 것이다. 그런 의미에서 이 책은 작가 김진방이 초대하는 특별한 찻자리이다. 그가 평소 아끼고 좋아하는 차 이야기를 세상의 많은 이들과 함께 나누기 위해 마련한 찻자리이다.

작가의 필체로 만나는 찻자리는 솔직하고 담박하다. 향기롭고 달콤하다. 그 누구라도 잠시 쉬어 가며 차 한 잔의 여유와 온기를 담아갈 수 있는 힐링의 시간이다. 김 작가는 먼저 시작한 차 생활의 선배로서 차와 관련한 다양한 경험담을 진솔하면서도 흥미진진하게 풀어낸다. 차 입문자나 차 생활의 후배들이라면, 그 동안 차에 대해 궁금했지만 알지 못했던 이야기들에 대한 작가의 명쾌한 설명이 마치 찻자리에서 살짝 허기질 때 내어주는 다식茶食처럼 반갑고 고맙고 달콤하게 느껴질 것이다.

김진방 작가가 우려내는 향기로운 차의 이야기를 마시며 차의 세계에 함께 빠져들어 보기를 권한다.

1장
어쩌다 차를 마시게 되었습니다

2장
다구를 갖춰볼까요?

3장
계절은 깊어가고 차는 그윽합니다

4장

인연은 찻잔을 사이에 두고

여기, 차를 권하는 마음이 있습니다

"차는 어떻게 마셔야 하나요?"

차회茶會를 진행하러 가면 가장 많이 듣는 질문이다. 질문하는 사람의 의도는 분명하다. 차를 마시고는 싶은데 어떻게 마셔야 할지는 모르겠고 또 답답하니 묻는 말이다.

차는 어떻게 마셔야 할까? 기술적으로 설명하긴 쉽다. 찻잎을 차호茶壺에 넣고, 물을 붓고, 조금 기다렸다가 잔에 따라 마시면 된다. 누구나 아는 사실이지만 막상 하려고 하면 어렵다.

질문자 역시 이 과정을 몰라 묻는 것이 아니다. 막상 하려면 어려운 그 지점을 묻는 것이다. 차회는 길어야 두 시간. 질문자를 붙들고 차회 시간의 두 배가 넘는 네 시간을 떠들어도 막상 하려면 어려운 그 지점을 설명해내기란 쉬운 일이 아니다. 이게 바로 초심자가 차에 유달리 거리감을 느끼게 되는 이유다. 처음엔 호기심에 다가왔다가, 아이쿠! 아니구나 싶어 돌아가기를 여러 차례 반복하고 나면 선물 받아 부엌 찬장 한쪽에 둔 찻잎은 이삿날 쓰레기 봉투행을 면하기 어렵다.

차를 처음 마시면서 내가 했던 질문이자 차 생활을 하며 늘 듣는 질문의 답을 찾기 위해 이 책을 쓴다. 차회를 하는 짧은 시간 동안 이야기해줄 수 없는, 조금은 긴 이야기가 될 것 같다.

이 책은 입문자를 위한 안내서라고 생각해도 좋고, 평범한 다인의 차 생활기라 생각해도 좋다. 차를 시작하고자 하는 사람들이 봤을 때 가장 쉽고 편안하게 차의 세계로 들어올 수 있는 길라잡이가 될 수 있는 책을 쓰고자 노력했다.

차를 어떻게 만났고, 어쩌다가 빠져들게 됐는지, 차 우리는 법을 어떻게 배웠고, 어떻게 우리면 좋은지 등 이런 소소한 이야기를 찻집에 앉아 친구에게 이야기하듯 적어 내려갔다. 그리고 내가 만났던 좋은 차들을 소개하고 다인들이 사계절 어떤 식으로 차를 즐기는지도 꼼꼼히 적었다.

이 책을 다 읽는다고 해서 차에 통달하거나 차의 맛과 향을 완벽히 구별해 내는 초절기超絕技를 익히는 것은 불가능하다. 그저 차가 이렇구나. 이래서 사람들이 차를 마시는구나. 고개를 끄덕일 정도의 지식을 조금 맛볼 수 있을 뿐이다. 지극히 사적인 이야기도 조금 더했다. 차를 마시면서 만났던 차우들과의 추억 이야기다. 내가 지금까지 차를 마실 수 있게 도움을 줬던 차우들에 대한 감사의 표시이자 작은 선물이라고 할까?

우리나라에도 최근 차 붐이 일고 있다. '붐'이라는 표현을 쓴 것은 전과 비교해 차에 관해 묻는 사람이 부쩍 늘었다는 이야기다. 요즘 들어 차 마시는 법 좀 알려달라는 사람이 여기저기서 찾아온다. 길고 긴 코로나의 터널을 빠져나와 지친 심신을 달래고 싶은 작은 바람들일까, 바쁜 일상에 쉼표 하나 두고 싶은 마음 때문일까. 뭐가 됐든 다인으로서 나를 찾아온 모두에게 차를 권하고 싶다.

차 업계에는 기라성 같은 고수들이 많다. 내가 말을 보태기 송구할 정도로 깊은 내공을 가진 분들이다. 좋은 책들도 이미 많이 나와 있고 간절히 원한다면 유튜브를 통해 독학으로 차 마시는 법을 배울 수도 있다. 다만 이 책을 통해 그런 좋은 분들 앞으로 초보 다인을 인도하고 스스로 차를 마시는 법을 익힐 준비를 시키는 역할을 하고 싶을 뿐이다.

차 이야기가 지루해질 때쯤에는 차의 기원을 찾아 역사 여행을 떠나기도 하고, 차보다 더 눈이 가는 다구 이야기가 구매 욕구를 자극할지도 모른다. 봄, 여름, 가을, 겨울에 각각 어울리는 차가 무엇인지, 어떤 차호에 어떤 차를 우려야 맛이 좋은지 초심자를 넘어선 다인들에게 좋은 팁이 될만한 내용도 담았다.

책을 따라 천천히 차의 세계로 발을 옮기다 보면 어느새 집 어딘가에 두고 잊었던 차를 꺼내 다구가 될 만한 그릇을 찾아 차를 우리고 있는 자신을 발견하게 될 것이다. 그렇게 우려낸 차를 마시면서 스마트폰 검색창에 집 주변 찻집을 검색하는 단계까지 나아간다면 이 책은 임무를 다한 셈이다. 그게 이 책을 쓰는 목적이고 내가 하고 싶은 일의 전부다.

고단한 업무를 마치고 집에 돌아왔을 때, 삶의 무게에 짓눌려 낙담했을 때, 나에게 가장 위안이 되어 주었던 차를 세상 모든 사람에게 소개하고 싶다. 가끔 너무 힘든 날은 친한 친구도 가족도 만나고 싶지 않고 혼자 있고 싶은 때가 있다. 그때 내 곁을 조용히 지켜주던 차의 위로를 모두에게 알려주고 싶다.

책의 마지막 장을 덮었을 때 더는 차가 어렵거나 두려움의 대상이 아닌 친근하고 편안한 친구가 되어 있기를 소망해본다.

1장

어쩌다 차를 마시게 되었습니다

차라는 따뜻함 또는 고요함

홀짝.

입술을 따끈하게 간지른 보이차가 목을 타고 단전 아래로 내려간다. 베이징北京의 삭풍에 꽁꽁 얼었던 몸이 사르르 녹아 내린다. 아, 이제 좀 쉬어야겠다. 다시 홀짝.

나의 차 생활은 그렇게 시작됐다.

처음 차를 마실 때 내가 차를 주제로 강연을 다니고, 차회 茶會를 열거라고는 전혀 생각하지 못했다. 나는 기자인데, 매일 매일 사건을 쫓고 속보를 써내야 하는 것이 내 일인데, 어느 날 내 인생으로 차가 불쑥 들어왔다니! 인생의 강물은 어디로 방

향을 틀어 흘러갈지 몰라서, 우리는 오히려 여기에서 묘미를 느끼는 것인지도 모른다.

지금 생각해 보니 차를 마신다는 행위와 차를 마시는 그 시간이 그저 좋았을 뿐이다. 따뜻한 찻물이 내 속으로 흘러 들어올 때 나는 고요해졌고 그 고요함 속에서 나는 차분해졌다. 차를 마시며 나를 돌아볼 수 있었다. 차우茶友들과 마주 앉아 담소를 나누는 다정한 그 시간을 즐기며 잠시나마 다른 인생을 살수 있었다. 어쩌면 이것이 차가 내어 주는 선의善意 아닐까.

그저 좋아서 행했을 뿐인데, 그것이 내 삶 속에 이토록 깊이 들어왔을 줄이야.

처음 차를 마시게 된 것은, 그러니까 제대로 된 차를 마시게 된 것은 베이징 특파원 시절이다. 2017년 1월 베이징에 부임하자마자 공항 취재를 시작했다. 오랫동안 사건기자를 했던 터라 속칭 '뻗치기'에는 자신 있었다. 베이징 공항에 드나드는 북한 인사를 취재하는 일이 막 부임한 내게 주어진 일이었다. 1월의 베이징은 야속하게도 추웠다. 예부터 북평北平이라 불리는 베이징 평야 위에 세워진 공항의 바람은 북방 툰드라의 추위보다 더했으면 더했지 결코 못 하지는 않았다.

그렇게 우두커니 서서 공항을 빠져나오는 북한 인사들을 쳐

다보고 있노라면 발끝부터 머리끝까지 온몸이 꽁꽁 얼어붙었다. 두꺼운 겨울옷으로 몸을 아무리 둘러싸 매 보아도 바느질 자국 틈을 파고드는 북방의 칼바람은 송곳처럼 매섭기만 했다. 짧게는 4시간, 길게는 14시간 공항에 서 있다 보면 내가 강원도 덕장에 널린 황태인지 사람인지 분간이 가지 않는다. 그런 나에게 취재가 끝나고 찾아가는 차관茶館의 따뜻한 차 한 잔은 위안이자 위로였다. 그리고 한편으로는 뭔가 대단한 일을 하고 있다고 자위하는 스스로에게 내리는 논공행상과도 같았다. 따뜻한 차 한 잔이 몸을 타고 흐르면 느껴지는 안온함. 그게 내가 차를 마시는 이유이자 동기였다.

차를 마시기 시작한 동기가 뭔가 더 거창했으면 좋겠지만, 언 몸을 덥히는 게 그 시작임을 부정할 수 없다. 하기야 얼마나 많은 사람이 거창한 이유로 차를 시작할까. 티베트 고원의 사람들과 몽골 초원을 달리는 유목민은 살기 위해, 윈난의 소수민족은 생업生業으로 차를 마실 것이다. 다들 그렇게 '살기 위해' 차를 마시던 게 근대에 들어와서야 고상한 취미로 발전했다. 내 경우는 고상한 취미라기보다 살기 위한 몸부림에 더 가까웠지만.

이렇게 시작된 차 생활은 어느새 호기심으로 이어졌다. 홀짝홀짝 마시던 차가 궁금해진 것은 연하게나마 맛과 향이 느껴지기 시작하면서부터다. 그 미묘한 맛의 차이가 차를 막 시작한 나에게는 큰 흥미를 안겨 주었다.

처음엔 기호랄 것이 없으니 주는 대로 차를 마셨다. 무슨 일이든 처음 시작할 때는 주는 대로 받아먹는 법이다. 그러다 보면 조금씩 안목이라는 것이 생겨나고, 안목은 나중에 취향으로 나아간다. 취향이 쌓이고 쌓이면 그게 기술이 되고, 기술이 좋아지면 스타일로 굳는다. 그림이든 음악이든 패션이든 글이든 영화든 다 똑같다. 아무튼 그때의 나는 차에 막 관심이 생겨 눈을 반짝이기 시작한 풋내기에 불과했다.

그렇게 대놓고 마시다 보니 나중에는 어렴풋하게나마 맛의 차이가 느껴지기 시작했다. 이후부턴 '무슨 차입니까?'라는 물음이 차를 마시기 전 엄숙한 제례祭禮처럼 앞섰다. 그런데 묻긴 물었지만 까막눈 까막귀인 나 같은 초보가 알아들을 턱이 있나. 그냥 '주는 대로 마시자.' 하며 머릿속을 비우고 팽주烹主(다구를 두고 차를 우리는 사람)가 주는 찻잔을 공손히 받아 들 뿐이었다.

그렇게 겨울이 가고 봄차가 나오기 시작할 때쯤에는 주위들은 풍월 덕택에 보이普洱 숙차熟茶와 생차生茶를 구분하게 됐다.

녹차와 백차, 황차, 우롱차, 홍차가 무엇인지도 그럭저럭 알 수는 있게 됐다. 그렇다고 눈 가리고 마시며 차를 구분할 정도가 된 건 아니었다.

그렇게 차를 마신 지 어느새 석 달의 시간이 흘러갔다. 어느새 나는 다인茶人의 길로 접어들게 됐다.

차관에 다녀보는 건 어떨까요?

차를 마시는 사람에게 차를 마시는 공간은 중요하다. 차와 차를 마신다는 행위가 '내용'이라면 공간은 어쩌면 '형식'일 수도 있다.

모든 내용에는 거기에 어울리는 형식이 있다. 시는 시라는 형식에 들어가야 시다. 음악은 설계가 잘 된 콘서트홀에서 들어야 그 아름다움을 제대로 느낄 수 있다. 축구를 배드민턴 경기장에서 하라고 하면 제대로 된 플레이를 할 수 없다. 차도 마찬가지다. 차를 제대로 음미하기 위해서는 다실茶室이 필요하다. 그래서 사무실 책상이나 집 식탁 등 별도의 다실을 마련하는 사람도 있다.

내 경우에는 다실을 마련할 형편이 되지 않았다. 대신 중국이든 한국이든 집이나 회사 근처에 쉽게 찾아갈 수 있는 차관茶館을 정해두고 차를 마셨다. 어느새 차관은 나의 다실이자 쉼의 공간이 됐다.

차관이라 하면 뭔가 거창할 것 같지만 사실은 차를 판매하고, 차와 관련된 강의를 들을 수 있고, 또 편하게 차를 마시며 담소를 나눌 수 있는 공간이다. 중국에서 다닌 차관은 '도연당陶然堂'이라는 곳이었다. 우리가 '실장님'이라고 부르는 팽주가 늘 차관을 지키고 있어 일과 중이든 퇴근 이후든 언제든 찾아가면 차를 마실 수 있었다.

차관이 좋은 점은 차에 관해서 모르는 게 있으면 언제든 물어볼 수가 있고, 같은 시간 차관을 방문한 차우와 정보를 교환할 수도 있다는 점이다. 처음 문을 열고 들어서기가 어려워서 그렇지 몇 번만 다니면 친숙해지고 익숙해진다. 차관은 차를 마시는 사람들에게는 사랑방과 같은 곳이다.

초보 다인에게는 주변의 차관 한 곳을 정해놓고 수시로 방문하며 차 생활을 하는 것이 여러모로 도움이 된다. '초보'라는 단어를 여기에 붙이는 게 맞는지 한참을 망설였지만 용기를 내어 붙여 보았다. 운전과 주부에도 초보가 있듯, 모든 취미와 일에는 초보가 있는 법이니까.

솔직히 말해 차는 진입 장벽이 조금은 높은 편이다. 마트에서 파는 녹차나 홍차 티백을 마시는 것도 차를 마시는 것이라 한다면 진입 장벽 같은 건 존재하지 않는다고 말할 수도 있겠지만, 이 책에서 말하는 차는 그것과는 조금 거리가 있으니 부디 이해해 주시길.

차를 처음 시작하면 모르는 것투성이다. 마치 운전대를 처음 잡은 초보 운전자처럼 모든 게 두려움의 대상이요, 모든 일이 도전의 연속처럼 느껴진다. 분명 룸미러를 보고 있지만 뒤의 상황은 전혀 파악되지 않는다. 아니, 도대체, 앞과 사이드미러와 룸미러를 동시에 어떻게 보냐고! 정말 여기서 내가 좌회전을 할 수 있을까? 회전교차로에 들어섰는데 도무지 빠져나갈 방법을 몰라 다섯 바퀴나 빙빙 돌고 있다고. 이게 모두 처음 차를 시작하는 이가 겪는 상황이다. 과장이라고? 흠, 절대 과정이 아니다.

다인들은 처음에는 남이 우려 주는 차를 받아 마시다가 나중에는 직접 차를 우려먹는 '테크'를 타기 마련이다. 그런데 이 테크를 홀로 수련하는 건 쉽지 않은 데다 진도도 빨리 나가지 않는다. 그렇기 때문에 더더욱 차관이 중요하다. 축구 교실에 가면 마당에서 혼자 연습하는 것보다 공다루기를 더 체계적으로 배울 수 있는 것과 같다.

내 차 생활 중 대부분의 테크와 루틴은 차관에 다니며 생긴 것이다. 한국의 다인들보다 찻잎을 많이 넣고 차를 짧게 우려낸다든지, 첫 번째 차를 우릴 때는 차호茶壺에 물을 가득 채워 뚜껑을 닫으면 찻물이 차호 주둥이로 뿜어져 나오게 한다든지, 세차洗茶를 한 물을 잔을 덥히는 데 쓴다든지 하는 버릇은 모두 이때 생겨났다. 그리고 이건 나와 교류한 차우茶友와 내가 다닌 차관 팽주의 버릇을 그대로 닮았다. 뭐가 맞고 틀렸다는 문제를 말하려는 것이 아니다. 지금은 루틴이 된 나의 행동 하나하나가 처음에는 시도하기 어려운 두려움의 대상이었는데, 누군가 내게 방법을 보여주었고 내가 그것을 따라 하다 보니 자연스럽게 기술을 습득할 수 있게 됐다는 이야기다.

주변에 차관이 없다면 굳이 먼 거리에 있는 차관을 일부러 찾아갈 필요는 없지만, 그렇다고 하더라도 가끔 찾아갈 수 있는 차관을 정해두라고 권하고 싶다. 그래야 좀 더 깊이 차를 알고 싶다는 마음이 생긴다.

나도 차관을 들락거린 지 여러 달이 지나고서야 어느 날 문득 '차를 제대로 좀 배워볼까?' 하는 생각을 하게 됐다. 아마도 차관에 다니지 않았다면 이런 생각을 절대로 하지 않았을 것이다. 차관에 다니지 않았다면 차우들의 이야기가 내 귀에 닿을 일도 없었을 테니까 말이다. 아마도 사무실에 간단한 다구를 갖다 놓고 매일 매일 차를 우려 마시는 정도에서 만족하지 않았을까? 이 정도의 생활에 그치는 것도 나쁘진 않지만, 그래도 차우들과 교류하며 더 풍성해진 차 생활을 즐기고 있는 지금이 훨씬 만족스럽다.

 사람들과 함께 차를 즐기다 보면 차에 관한 궁금증이 이것저것 솟아난다. 이 차와 저 차는 무슨 차이가 날까? 저 사람은 이게 숙차인지 생차인지를 어떻게 아는 것일까? 몽글몽글 피어나는 궁금증이 머릿속을 꽉 채우게 되면 차를 좀 더 알고 싶다는 생각이 마음 한쪽에서 무럭무럭 자라기 시작한다. 이때 주변을 둘러보면 누군가 차 선생님으로 삼을 만한 사람이 눈에 띈다. 맞다. 그 사람이 바로 당신의 첫 차 선생님이다.

 어쨌든, 처음 차를 시작하는 사람이 있다면 솔직히 강권해서라도 차관에 데려가고 싶다. 왜냐고요? 차관에 가면 행운을 만날 수 있는 확률이 더 높으니까요.

이렇게 차 선생님이 됩니다

나의 첫 차 선생님은 대학 선배인 J 선배였다. 특파원 발령을 받고 한국을 떠나기 전 또 다른 대학 선배이자 은사님인 K 선생님은 베이징에 사는 J 선배를 소개해주면서 꼭 한번 만나보라고 했다.

베이징에 도착해 K 선생님에게 받은 연락처로 연락하자 J 선배는 나를 차관으로 불렀다. 내가 참새 방앗간 드나들듯 다니던 도연당과의 첫 만남은 그렇게 시작됐다. 후에 이곳은 나의 차 고향이 됐다. J 선배 덕택에 차를 알게 된 뒤 시간이 날 때마다 함께 차를 마셨다.

한국과 중국에서 모두 차예사 자격증을 딴 J 선배는 차에 관해서는 척척박사였다. 귀찮을 정도로 묻고 또 묻는 나의 질문에도 항상 열과 성의를 다해 답해줬다. 또 귀한 차를 구하면 꼭 한쪽을 떼어 나에게 건넸다. 나도 중국공산당 간부나 유명 인사를 인터뷰하러 갔다가 차를 선물 받으면 늘 차를 들고 J 선배 댁으로 달려갔다.

J 선배의 살뜰한 가르침 덕분에 나는 점점 차의 세계에 빠져들었다. 처음에는 차 우리는 방법을 배우고 차 우리는 것이 익숙해질 때쯤에는 좋은 차를 구별하는 법을 배웠다. 또 계절별로 제철 차가 무엇인지, 나의 취향에 맞는 차가 무엇인지, 다구는 어떻게 고르고 다루는지 등도 배웠다. 하나부터 열까지 내 차 생활은 J 선배의 흔적이 고스란히 배어있다.

그렇게 한 해가 가고, 두 해가 가면서 우리는 사제지간師弟之間에서 차우지간茶友之間이 됐다. 차를 마시는 사람들은 처음 차를 접하는 사람을 '발견'하면 그 사람을 환대한다. 환대 정도가 아니라 돕지 못해 안달이 난 것처럼 보인다. 처음에는 왜 그럴까 하고 이해를 못 했지만, 이제는 그 이유를 잘 알 것 같다. 차를 마시는 게 너무 좋으니까 그런 것이다. 나 혼자 이 좋은 걸 마시기는 너무 억울해서 한 사람이라도 더 차를 즐기게 해주고 싶은 마음이 앞서기 때문이다.

한국에 돌아와서 내가 처음 한 일도 가장 친한 친구를 차관에 데려가는 것이었다. 그에게 차와 다구를 선물했고 차 맛을 구별할 수 있도록 설명도 해주었다. 차에 대한 내 생각도 함께 나눴다.

얼마간의 시간이 흘러 J 선배에게 차를 처음 배웠던 것처럼 어느새 나도 그 친구의 차 선생님이 되어 있었다. 놀라운 점은 내가 그의 차 선생님이 됐을 때 비로소 '내가 차를 정말 사랑하고 있구나!' 하는 감정을 느꼈다는 것이다. 아마도 세상의 많은 일이 그렇지 않을까? 뭔가를 받을 때보다 내가 가진 소중한 것을 누군가에게 나눠 줄 때 우리는 더 깊은 기쁨을 느낀다. 충족감은 받을 때가 아니라 나눠주고 전해줄 때 더 느낄 수 있다는 것을 그때 알았다. 나뿐만 아니라 많은 다인이 이와 비슷한 경험을 했을 것이라고 확신한다.

우리는 이를 두고 '차의 선순환'이라고 부른다. 초보 다인이 차 선생님에게 차를 배우고, 다시 그 사람이 차 선생님이 된다. 차는 이 과정을 통해 사람과 사람을 건너 전해지고 이어진다.

사람들이 내게 묻는다. 주변 사람들에게 그렇게 열심히 차를 권하는 이유는 도대체 뭡니까?

이유는 딱히 없다. 아니 딱 하나가 있다. 차가 좋으니까. 그런데 이보다 더 선명한 이유가 있을까요?

정신은 뒷짐을 지고 마음은 천천히 걷지요

"차는 왜 마시나요?"

차를 마신 뒤 가장 많이 받는 질문이다. 차를 마시는 이유는 열 달 스무날을 설명해도 부족하다. 그래도 몇 가지 추려서 답을 해보겠다.

일단 가장 먼저 심신의 안정 때문이다. 이는 차 하면 떠오르는 이미지와 가장 일치하는 것이 아닐까? 그런데 머릿속으로 막연히 생각하는 것과 실제로 차를 마시고 느끼는 것에는 큰 차이가 있다. 몸이 고되고 지칠 때, 차 한 잔을 몸속으로 흘려보내면 안온하고 평안한 느낌이 찾아온다. 이 느낌을 정확히

묘사하고 설명하기는 정말 어려운데, 영화의 한 장면을 떠올리는 것이 이해가 빠를지도 모르겠다. 놀랐거나 공포에 질린 혹은 사고에서 막 빠져 나온 주인공에게 따뜻한 물을 건네주는 장면 말이다. 따뜻한 물이 내 몸속으로 천천히 들어오는데, 아니 스민다고 해야 맞을까? 아무튼 그것이 내 몸과 마음의 어느 부분을 아주 따스하게 데우고 다정하게 어루만져 주는 것이다. 신생아가 따뜻한 물에 들어갔을 때 엄마 배 속에 있는 것처럼 느끼는 평온함과 안도감 비슷하다고 할까? 기사를 쓸 때나 무언가 긴장되는 일이 있을 때 내가 차를 찾는 이유는 이 때문일 것이다.

반대의 경우에도 나는 차를 찾는다. 잔뜩 긴장한 상태에서 막 벗어났거나, 평안한 상태에서도 차를 찾는다. "아니, 긴장할 때나 평안할 때 모두 차를 마신다니 이건 또 무슨 말입니까?" 하시는 분도 있겠지만, 뭐 사실은 사실이다. 앞서 말했다시피 차를 준비하고 차를 내리고 차를 마시는 그 시간은 온전히 고요하게 나를 돌아보는 시간이며 오롯이 나에게 집중하는 시간이니까. 그러니까 차는 그 자체만으로도 마시기에 충분한 가치가 있는 것이다.

우리는 '바쁜 현대사회'라는 말을 하루에도 몇 번씩이나 듣는다. 우리 뒤에 오는 세대들이 지금의 한국 사회를 정의할 때 가장 먼저 꺼내 들 형용사가 '바쁜'이 아닐까 할 정도로 모두가 바쁜 일상을 보내고 있다. 스마트폰, 스마트 TV, 노트북, 태블릿 등 현대 문명의 이기는 잠시도 우리의 손을 떠나지 않고 우리의 뇌가 쉴 수 있는 시간을 용납하지 않는다. 그렇지만 차를 마실 때만큼은 이 모든 것들에게서 멀찌감치 물러날 수 있다. 정신도 뒷짐을 지고 마음도 천천히 걷는다. 그 순간만큼은 시선은 먼 곳을 향하고 마음을 고요하게 가꿀 수 있다.

어떻게 표현할 수 있을까. 내게 불현듯 다가오는 정지된 시간, 찰나의 정적, 고요한 빛…… 그 순간은 어쩌면 지극히 시적인 멈춤 같은 것이기도 한 것인데, 말로는 형용할 수 없는 이것이 차를 계속 찾게 하는 마력이라는 것을 다인이라면 누구나 알고 있다.

베이징에 부임하고 하루도 온전히 쉰 날이 없었던 것 같다. 2017년 1월부터 2022년 9월까지, 중간에 8개월 동안 한국에 들어온 기간을 빼면 만 5년을 쫓기듯 일상을 살아냈다. '살아냈다'는 피동적인 표현을 쓴 것은 삶에 이끌려 이리저리 끌려다녔다는 이야기를 하고 싶어서다. 이 혹독한 시기에 차마저 없었다면 나는 그 바쁜 일상을 어떻게 견뎌낼 수 있었을까.

가끔 삶이 세탁기 같다는 생각을 한다. 생활에 쫓기며 더럽혀진 몸과 마음을 세탁기에 집어넣는다. 그래야 내일 아침에도 표백된 몸과 마음으로 지하철을 탈 수 있으니까. 세탁이 끝나고 헹굼으로 넘어가기 전, 세탁기가 잠깐 멈추는 순간, 그 짧은 정적과 고요의 순간, 우리는 차를 마신다. 자, 이제 세탁이 끝났어. 한숨 돌리자고. 세탁기가 다시 돌아가면 또 정신없을 테니 말이야.

많은 사람들이 차를 마시는 게 상당히 번거로운 일이 아니냐고 묻는다. 사실대로 말하자면, 매우 번거로운 일이 맞다. 그래서 일을 할 때는 표일배(차를 간단히 우릴 수 있는 거름망이 달린 다구)를 이용해 차를 우리기도 하지만, 냉정하게 말하면 이는 반쪽짜리 차일 수밖에 없다는 게 내 생각이다. 차를 마신다는 행위는 차 덩이에서 찻잎을 떼어내고, 다구를 정돈해 준비하고, 물을 끓이고, 차호에 차를 우리고 찻잔에 따라 입술에 가져가는 모든 과정을 일컫기 때문이다. 행동과 행동이 물 흐르듯 자연스럽게 이어지는 그 순간순간 모두가 차를 마시는 시간인 것이다.

차라는 직설적인 관능

조금 더 관능적인 곳으로 들어가 보자.

다인이 차에 빠져드는 이유는 마음의 안정을 찾을 수 있다거나 바쁜 일상에서 벗어나 평온한 순간을 느끼기 위해서 같은 감정적인 요소에만 있지 않다. 어쩌면 이보다는 시각과 후각, 미각 등 몸으로 느끼는 관능적이고 직설적인 기쁨이 더 크다고도 할 수 있을 것이다. 차를 마시는 행위 자체에서 '관능적이고 직설적인 기쁨'을 느끼다니! 포르노그래피를 떠올리는 분도 있겠지만 어떤 측면에서는 비슷하기도 하다. 굳이 부정하지는 않겠다.

상상해보자. 당신은 차를 마시기 위해 차판 앞에 앉아있다. 먼저 눈에 들어오는 것은 찻잎이다. 찻잎이 담겨 있는 다구인 차하茶荷도 눈에 들어온다. 찻잎이 연잎 모양의 차하에 앉아 있는 모습부터 멋스럽다. 그리고 옆을 보면 아기 엉덩이처럼 보드라운 촉감을 가진 차호가 자리를 잡고 있다. 그 옆에는 찻잔에 차를 나누기 전에 차를 받는 공도배公道杯가, 또 그 옆에는 단출하지만 멋을 살짝 부린 찻잔이 자리한다. 가끔 앙증맞은 차총茶寵(차 장난감으로도 부르는 장식품)을 차판 가장자리에 나란히 세워두기도 한다. 다구와 찻잎은 시각적으로 상당한 즐거움을 준다. 다구 하나하나가 예술품이다. 차를 마시는 것에는 이 예술품을 눈으로 감상하며 직접 만지는 호사를 누리는 즐거움이 포함되어 있는 것이다.

이 호사는 차를 직접 우리면서 더 깊어지며 더 큰 기쁨으로 다시 나아간다. 찻잎을 조심히 떼어 내 차하에 둘 때 손가락 끝에 닿는 찻잎의 감촉, 차호에 찻잎을 넣을 때 '사각'하고 찻잎이 차호 벽면에 쏠리는 소리, 찻물을 끓일 때 적막을 깨는 전기포트의 보글거림, 찻물을 차호에 부을 때 떨어지는 물줄기의 모양과 움직임, 공도배에 거름망을 받치고 차호를 기울여 시원스레 찻물을 떨어뜨리는 호쾌함, 찻잔에 차를 나누는 공유의 순간, 차를 마실 때 올라오는 향과 혀를 스치고 내려간 뒤 남는

차의 맛까지. 이 모든 순간은 우리에게 직설적인 관능을 선사해 준다. 우리가 차판 앞으로 다가가는 이유다.

'차를 왜 마십니까?' 하는 물음에 내가 해줄 수 있는 답은 이 정도다. 현문우답賢問愚答. 표현하지 못하고 삼간 말이 더 많지만 이건 체험의 영역이라고 변명하고 싶다. 직접 차를 마셔봐야 정확히 알 수 있습니다. 이렇게밖에는 말을 못 하겠다. 거듭 죄송할 따름이다.

감정적인 이유에서든, 관능적인 이유에서든 일단 차를 한번 시작하게 되면 그 매력에 빠질 수밖에 없다는 건 사실이다.

누구에게나 다인의 본능이 있다. 이 본능이 언제, 어떻게 알을 깨고 나올는지는 우연과 의지에 달려 있다. 우리가 겪는 모든 인연과 사건과 그것들이 어우러져 만들어내는 우리의 인생은 '우연'과 '의지'의 산물이다.

이 글들이 차에 대한 나의 무조건적인 예찬론처럼 보일 수도 있겠지만, 이 책의 목적이 다인의 길에 막 들어선 사람들에게 용기를 북돋아 주고 길을 안내하는 것이라는 점을 감안해주시길 바라며 너그러운 마음으로 읽어주셨으면 한다.

차는 약으로 시작됐다고 합니다

'차는 어디서 왔을까?'

많은 다인들이 오랫동안 차를 마시지만 차가 어디서 왔는지에 대해서는 그다지 깊이 생각하지 않는다. 여기서 말하는 '어디'는 보성이나 제주, 바다 건너 중국, 일본, 대만 등 지역을 가리키는 것이 아니다. 그보다 더 근원적인 문제에 관해서다. 인간은 왜 차를 마시게 됐는지. 언제, 어디서부터 차가 발원했는지에 관한 문제에 대해 생각해보자는 것이다.

이는 차를 마실 때 의외로 중요한 문제다. 〈인간극장〉 같은 프로그램에서 성공한 해외 교포가 자신의 뿌리를 찾아 한국을 찾는 이야기가 나오듯, 어떤 대상에 대해 빠져들다 보면 그 기원 혹은 시작 또는 연원에 대한 궁금증이 생기기 마련이다.

'아는 만큼 보인다'라는 말이 있다. 이는 '알면 더 즐길 수 있다'는 뜻이기도 하다. 몰라도 괜찮지만, 그래도 아는 것이 낫다. 백배 낫다. 차에 관해서는 '모르는 게 약이다'라는 말도 '아는 게 병이다'라는 말도 적용되지 않는다. 차에 관해서는 무조건 '아는 게 약이다'. 그리고 차를 즐기는 다인에게는 이런 문제는 자존심에 관한 문제이기도 하다. 그래서 나는 차를 시작하는 사람을 만나면 꼭 차의 기원에 관한 이야기를 들려준다.

자, 먼저 차호에서 우려지는 찻잎을 떠올려보자. 이 녹색(간혹 검은색)의 어여쁜 잎은 어디에서 왔을까? 멍청한 질문이라면 멍청한 질문일 수도 있지만 꼭 한 번은 떠올려봐야 한다. 어디서 왔을까? 답은 뻔하다. 찻잎은 당연하게도 차나무에서 왔다. (죄송합니다. 제가 좀 싱거웠나요?)

조금 학술적인 이야기를 해보자. 차나무의 학명은 카멜리아 시넨시스Camellia sinensis다. 언뜻 보기에 굉장히 어려운 말처럼 보인다. 하지만 세상에 존재하는 모든 학명은 어렵다. 학자들은 어떻게 하면 학명을 최대한 어렵게 지을 수 있을까 하고 고민에 고민을 거듭하는 것만 같다. 그렇지만 이 이름을 찬찬히 뜯어 보면 그렇게 어려운 것도 아니다. 구글에서 스펠링을 하나씩 입력해 뜻을 찾아보면 '카멜리아'는 '동백나무'라는 뜻이고 '시넨시스'는 '중국'을 가리킨다. 그러니까 카멜리아 시넨시스는, 말하자면 '중국에서 나는 동백나무과 식물'이라는 뜻인 것이다.

아하, 동백나무라! 그런데 뭔가 좀 이상하다. 늦은 겨울에서 이른 봄, 붉은색 꽃을 피우는 그 동백나무와 제주와 보성에서 보았던 어른 허리춤 높이 차나무의 모습과는 매칭이 잘 안 된다. 아마도 녹차를 주로 마시는 우리나라 사람들은 찻잎 하면 신록의 여린 잎을 먼저 떠올리기 때문에 더 이상하게 생각할 것이다. 도대체 이 여린 잎과 동백나무는 무슨 관계란 말인가.

너무 어리둥절할 필요는 없다. 동백나무 말고 중국에 대해 생각해보자. 학명에서 알 수 있듯이 차나무의 원산지는 중국이다. 중국에서도 서남부다. 우리가 흔히 '오리지널 차'라고 마셔왔던 차나무는 윈난雲南, 구이저우貴州, 쓰촨四川 일대에 주로 분포한다. 여기가 어딘지 감이 안 잡힐 수 있으니 설명을 조금 보태면, 『삼국지』에서 제갈공명에게 칠종칠금七縱七擒했던 맹획이 살던 지역이 바로 이곳이다. 지금은 보이차 나무라고 불리는 윈난 일대의 차나무들이 바로 차나무의 원형이자 시조다.

이 지역의 차나무는 대부분 교목형喬木型이다. 교목형은 우리가 어릴 때 도화지에 나무를 그릴 때면 으레 그리던 스테레오 타입의 아름드리나무를 생각하면 된다. '아니, 무슨 차나무가 그리 커.' 하고 생각할 수도 있겠다. 나도 이 사실을 처음 알았을 때 그랬으니까. 그런데 윈난 사람들에게 차나무를 그려 보라고 하면 백이면 백 모두 아름드리 큰 나무를 그린다. 그들에게 커다란 차나무는 파란 하늘이나 노란 바나나처럼 상식인 것이다.

윈난의 고수차밭에 가면 우리가 지금까지 보아왔던 자그맣고 몽실몽실한 '아프로 헤어스타일'을 한 차나무는 단 한 그루도 찾아볼 수 없다. 대신 커다란 나무에 사람이 올라가 찻잎을 따는 광경을 목격할 수 있을 것이다. '차나무에 사람이 올라탄다고?' 하며 놀랄 수도 있지만 엄연한 사실이다. 절대로 중국식 허풍이 아니다.

조금 더 이해를 돕기 위해 한자를 빌려와 보자. 차를 뜻하는 한자인 '다茶' 자를 가만히 들여다보면 '나무木' 위에 '사람人'이 올라가 '잎艸'을 따는 상형 문자라는 것을 알 수 있다. 한자에서도 알 수 있듯, 일찍이 차는 차나무에 사람이 올라가 따는 찻잎으로 만든 것이다. 낮은 키의 차나무가 광활하게 펼쳐진 차밭만 보던 우리가 상상하기에는 다소 무리가 있는 광경이다. 물론 한국에 있는 그 나무도 차나무가 맞다. 하지만 차가 어디에서 시작됐는지 그 기원을 알고자 할 때 우리는 윈난을 알아야 하고, 윈난에서 자라는 커다란 차나무가 우리가 찾는 차의 시조이자 원조인 것을 알아야 한다는 말이다.

조금 더 전문적으로 들어가 보자. 차나무는 교목형喬木型, 반교목형半喬木型, 관목형灌木型으로 나뉜다. 교목이니 관목이니 헷갈릴 필요는 없다. 일단 교목형에 대해서 먼저 알고 나면 나머지는 쉽게 이해가 된다.

교목형은 앞서 설명했듯, 윈난의 아름드리 차나무다. 반교목형은 지상에서 1미터 높이까지 나무 기둥이 뻗어있고 그 지점부터 가지가 갈라지는 나무를 말한다. 그래서 교목이 아닌 절반만 교목이라는 뜻에서 반교목형이라 불린다. 관목형은 한국에서 우리가 늘 봐오던 제주도와 보성 차밭의 나무다.

그렇다면 학명에 동백나무는 왜 붙었을까? 찻잎을 보면 궁금증이 풀린다. 교목형 차나무는 잎이 동백나뭇잎처럼 뻣뻣하다. 다 크면 어른 손바닥 이상으로 잎이 커지는데, 그래서 차나무의 원조를 가리켜 '윈난에서 자란 교목형 대엽종(잎이 큰)'이라고 부르는 것이다.

이번에는 역사적인 관점에서 차의 시작에 관해 알아보자.

차를 처음 마시기 시작했다고 알려진 인물은 BC 3,000년경 중국 고대 통치자 중 하나인 신농씨다. 그는 '풀 덕후'로도 유명한데 중국에서는 '의술의 창시자'로도 불린다. 후대 사람들은 구전으로 내려오던 신농씨의 자체 임상시험 내용과 결과를 정리해 의서 『신농본초경神農本草經』을 편찬하기도 했다.

그럼 신농씨는 어쩌다 차를 마시게 됐을까. 그는 차를 즐기기 위해 마셨던 건 아니다. 그는 자기 몸을 실험실 삼아 약초를 연구했다. 어느 날 독초를 잘못 먹고 중독된 그는 찻잎이 떨어진 웅덩이의 물을 우연히 마시고는 낫는 경험을 하게 된다. 이후 차는 음료보다는 해독제이자 약으로 중국 대륙에서 사용됐다. 5,000년 전의 일화이니 실제로 이런 일이 일어났는지는 알 길이 없지만 차가 해독 기능이 있다는 사실만은 이 설화를 통해 분명히 알 수 있다.

아무튼 중국인들은 이때부터 사람들이 차를 마시기 시작했다고 굳게 믿고 있다. 이 외에도 차의 기원에 대해서는 인도 동북부 원주민 기원설을 비롯해 라오스 북부와 미얀마, 태국 등 여러 지역의 설이 있지만, 지금은 윈난에서 우리가 마시는 차가 기원했다는 사실이 가장 유력하게 받아들여지고 있다.

중국 서남부 윈난에서 시작된 오리지널 차나무는 동남쪽으로 방향을 잡고 변이를 일으키며 번식해 나갔다. 그리고 중국 동남부 끝 지점인 푸젠福建성 우이암산武夷岩山 인근까지 쭉 띠를 이루며 나아가 오늘날에 이른다. 이 과정에서 녹차와 백차, 청차(우롱차) 나무들이 변이를 일으키며 생겨났다.

신농씨 신화에서 알 수 있듯. 차는 처음에는 '약藥'과 '식食'의 중간적 존재로 규정됐다. 독초에 중독된 신농씨를 해독해 살려냈다고 알려진 차가 어떤 차인지는 알 수 없지만, 차는 치료제로 먼저 쓰였고 시간이 한참 지나고 나서야 기호 식품이 됐다.

이 이야기에 한 가지 재미있는 점이 숨어 있다. 신농씨는 풀의 한 종류인 독초를 먹고 중독됐는데, 역시 같은 풀의 한 종류인 차를 마시고 해독됐다. 그렇다면 찻잎에는 왜 이런 해독의 기능이 있는 것일까? 이는 차나무의 특성을 보면 잘 알 수 있다. 이해를 돕기 위해 예를 들어 본다.

아프리카 초원에는 수많은 초식 동물이 살고 있다. 이 동물들이 먹는 풀은 모두 제각각이다. 이 이유에 대해 저마다의 식성이 달라서라고 설명한다면 음, 뭐 그렇다고도 할 수 있겠지만, 사실은 한 초식 동물이 야생에서 자라는 여러 종류의 풀을 먹기에는 풀의 독성이 너무 강하기 때문이다. 그러다 보니 초식 동물은 어느 특정 종류의 풀은 자체적으로 해독할 수 있도록 진화했고, 각각의 초식 동물이 먹는 풀도 달라지게 된 것이다. 야크가 굶어 죽어도 아카시아 잎을 먹지 않는 것도 이 때문이다. 야크는 기린이 아니라서 아카시아 잎을 먹지 않는 것이 아니다. 아카시아 잎이 입맛에 맞지 않아 안 먹는 것도 아니다. 아카시아 잎을 먹을 수 없기 때문에 '못' 먹는 것이다.

찻잎에도 당연히 독성이 있다. 특히나 야생 차나무의 경우 최소 5년 이상은 잎을 따주고 가지를 치는 등의 순화 과정을 거쳐야 먹을 수 있는 찻잎을 딸 수 있다. 또한 차나무는 다른 식물들과 구별되는 특징을 가지고 있는데 차나무는 한 해 동안 15번 이상 잎을 틔운다는 것이다. 사계절 내내 피고 지고, 지고 피고를 반복하다 보니 자연스럽게 독성이 약해지게 되고, 그래서 약한 독이 있기도 하지만 잘 다루면 약으로도 쓸 수 있는 것이다.

독이 있지만 약이 되기도 한다. 이는 달리 말하면 아주 예민하다는 뜻이기도 하다. 다루는 사람이 자칫 실수를 하면 독이 되는 것이다. 매우 흥미로운 대목이다. 다루는 사람에 따라서 차가 몸에 해가 될지 득이 될지 결정되니 말이다.

윈난과 쓰촨 지역의 농경 문화권에 살았던 사람들은 이 예민한 식물을 잘 다루지 못했다. 그래서 차나무를 잘 다루는 '산 사람들'을 찾아갔다. 산 사람들이라 불리는 윈난의 소수민족은 차를 아주 능숙하게 잘 다뤘다. 수렵 생활을 했던 이들에게 차는 기호식품이 아니라 생존을 위한 필수품이었기 때문이다. 농경 문화권의 사람들에게 차가 '한 잔의 여유'였다면, 산 사람들에게 차는 잘 먹으면 목숨을 구할 수도 있는 '약'이었던 것이다.

이들은 농경 문화권 사람들에게 차를 만들어 제공했는데, 윈난에서는 B.C 3,000년부터 차를 마셨다고 한다. 차의 역사가 5,000년을 훌쩍 넘는 셈이다. 신농씨가 등장하는 시점과 비슷한 차 신화를 갖고 있다는 점도 흥미롭다. 그런데 재미난 사실은 우리가 오리지널 차라고 부르는 윈난의 차와 달리 동남쪽으로 이동하며 변이를 거듭한 차들은 몸에 덜 이롭다는 것이다. 과학적으로 증명되지는 않았지만 개인적인 임상 경험으로도 확연히 구분할 수 있을 만큼 이 부분에 있어서는 많은 다인들이 동의하고 있다.

언제는 차가 약으로 쓰였다더니 이제는 해롭다는 소리를 하는 건가 하며 어리둥절할 수도 있겠다. 이는 차에 든 카페인 때문이다. 간혹 차에 들어있는 카페인은 몸에 해롭지 않다고 주장하는 사람이 있다. 나도 정말 차를 좋아하지만 안타깝게도 이는 명백히 잘못된 말이다. 보이차와 같은 발효차가 카페인

외 기타 성분들로 인해 카페인 흡수를 더디게 하고, 몸에 무리가 덜 가도록 한다는 것은 맞다. 그러나 발효나 산화 발효가 카페인의 절대량을 줄어들게 만들거나 카페인의 성분을 변하게 만들지는 않는다. 카페인이 변화를 일으켜 몸에 해롭게 되지 않는다는 주장은 과학적인 근거가 없다. 그런 말을 하는 사람이 있다면 유사 과학 신봉자나 다름없다는 것을 기억하자.

현존하는 차 가운데 B.C 3,000년 경의 오리지널 차에 가장 가깝다고 여겨지는 것이 바로 보이차다. 그 뒤를 청차, 홍차, 백차, 녹차가 따라온다. 공교롭게도 이 순서대로 차가 몸에 주는 무리가 커진다.

보이 숙차는 온종일 마셔도 잠들기 4시간 전에만 마시지 않으면 수면을 크게 방해하지 않는다. 앞서 말했듯 흡수가 느려 몸에 큰 무리가 없고 이로운 성분이 포함되어 몸에 좋은 작용을 하기도 한다.

반면 잘못된 방식으로 제다한 차는 과용하면 몸에 무리가 올 수도 있다. 커피를 다량으로 마신 것과 진배없는 상태가 되는 것이다. 이는 차가 '약藥과 식食의 경계'에 있다는 설명이 거짓이 아니라는 증거다.

이제 차의 기원에 관해 어렴풋하게나마 알게 됐다. 이 글을 읽고 차와 더 친근해진 느낌을 받았다면 좋겠다. 나는 이러한 사실을 차 선생님에게서 듣고 무척 놀랐다. 그 뒤부터 초보 다인을 만나면 차관에 있는 메모지에 한자로 '茶' 자를 써가며 신농씨부터 시작되는 옛날이야기를 들려준다. 그러면서 눈이 휘둥그레지는 차우의 모습을 보는 것이 하나의 즐거움이 됐다. 물론, 저 스스로 약간의 으쓱함을 느끼기도 합니다만.

첫 차를 우려보았습니다

"차는 어떻게 우려야 하나요?"

이 질문을 받으면 난감하기도 하면서 반갑기도 하다. 난감한 이유는 질문자가 굉장히 어려운 질문을 하면서도 명쾌한 답을 원하기 때문이다. 유치원생에게 "아기는 어떻게 생겨요?"라는 질문을 듣는 것과 같은 기분이랄까. 또 한 편으로 이 질문이 반가운 이유는 질문자가 본격적으로 차를 마시고 싶어 한다는 사인을 주는 것이기 때문이다.

이런 궁금증은 차를 어느 정도 마시다 보면 자연스레 생겨나게 마련이다. 하나의 과정인 셈이다. 가장 맛있는 음식이 남이 사주는 혹은 해주는 음식이듯, 차도 남이 우려 주는 차가 가

장 맛있다. 그렇지만 불행하게도 우리는 언제나 누군가가 우려 주는 차만 마실 수는 없다. 개인 차예사茶藝師를 둘 수 있을 정도의 재력을 갖췄다면 가능한 일이겠지만 보통 사람에게 이는 어림도 없는 일이다. 전용 차예사를 고용할 수 있다손 치더라도 이러면 차를 우릴 때 느끼는 기쁨을 고스란히 포기해야 한다. 이는 차를 마시는 즐거움의 절반을 잃어버리는 것과 같다.

다시 원래의 질문으로 돌아가 보자. 어느 정도 차를 마시다 보면, 어느 날엔가 차 마시는 법을 배워야지 하고 결심이 서는 순간이 온다. 이 결심은 서서히 오는 게 아니라 어느 날 문득 찾아와 문을 두드린다는 것이 문제다. 문을 열면 그 결심이라는 녀석이 냉큼 손목을 잡아끌고서는 저벅저벅 앞으로 가는 것이다. 이제 가시죠. 그런데 속수무책이다. 따라 가는 수밖에는.

나 역시도 그랬다. 그냥 결심의 뒤를 졸졸졸 따라갔을 뿐이다. 차를 일 년 정도 마셨을 때쯤 그런 생각을 한 것 같다. 2018년, 중국의 설날인 춘제春節 때의 일이다.

춘제는 중국에서 가장 크게 지내는 대명절이다. 이때는 길게는 한 달, 짧게는 보름 정도 모든 상점이 문을 닫는다. 그런데 문제는 길고 긴 춘제 기간 차관도 문을 닫는다는 것이다. 차는 마시고 싶지만 어떻게 우려내야 하는지를 몰랐던 나는 중국인 친구에게서 받은 보이차 덩어리를 만지작거리면서 일주일 넘게 안절부절못하며 차에 목말라했다.

일주일 넘게 차를 못 마시자 어느새 금단 증상이 극에 달했고, 겨우겨우 그 증상을 참아 낸 나는 춘제 연휴가 끝나자마자 차관으로 달려갔다. 내 인생에서 몇 안 되는 빨리 달린 순간이다. 팽주 실장님이 어찌나 반갑던지 달려가 얼싸안을 뻔했다.

결핍은 배움의 씨앗이라 했던가. 차가 우려지는 동안, 나는 이전과 달리 팽주의 동작 하나하나를 유심히 살폈다. 아, 저건 저렇게 하는구나. 순서는 저렇구나. 팽주의 동작을 보고 또 보고 눈에 익히고 머리에 새겼다. 차를 마시고 집으로 돌아오자마자 언젠가 골동품 거리에서 사서 집 찬장 깊숙이 넣어두었던 다구를 꺼내어 정성 들여 닦았다. 그러고는 차관에서 보았던 팽주의 동작들을 기억해내며 내가 직접 차를 우렸다.

그런데 썼다. 그것도 아주, 정말, 매우 많이 썼다. 이런.

차호 속에 든 찻잎을 버리고 다시 차를 우려 봤다.

이번엔 싱거웠다. 너무 싱거웠다. 다시 이런.

이게 보는 것만큼 쉽지는 않구나. 나는 바로 J 선배의 집으로 달려갔다.

차 우리는 법을 배우고 싶다는 내 말에 J 선배는 천천히 시범을 보여 주었다. 다구를 세팅하고, 차를 우리고, 차를 따르는 선배의 손동작은 어설픈 나와는 비교가 되지 않을 정도로 물 흐르듯 자연스러웠다. 마치 지네딘 지단의 드리블 같았다고 할까. 유연하고 부드러웠고 아름다웠다. 선배의 동작을 보면서 나도 제대로 차를 우려보고 싶다는 생각을 처음 한 것 같다.

J 선배의 지도에 따라 차를 천천히 우려 보았다. 한 번의 가르침으로 완벽할 수는 없었지만, 그래도 제법 그럴싸한 맛이 났다. 맛이 좋았다는 건 아니고 적어도 마실 만은 했다는 말이다. 그렇지. 뭐든 처음 시작할 때는 스승에게 배워야 한다.

먼저 마신 보이차를 비워 내고 백차를 우려 보았다. 이번에는 우리는 시간을 조금 짧게 해보라는 J 선배의 말에 시간에 신경을 써서 차를 우렸다. 그런데…… 이전에 J 선배가 우려 줘서 맛을 보았던 백차와는 완전히 다른 맛이 났다. 도저히 마실 수 없을 정도는 아니었지만 풋내가 너무 강했다. 어설픈 백차였다.

차를 우리는 것은 생각보다 어려웠고 복잡했다. 그리고 미묘했다. 서너 차례 반복하고 나서야 조금이나마 감을 잡을 수 있었지만, 지금까지 남이 우려 주었던 차만큼 맛과 향이 좋지 않았다.

지금 생각하면 별것 아닌 일이지만 당시에는 많이 당혹스러웠다. 게다가 차를 잘 우려보겠다는 말도 안 되는 승부욕까지 불타 의욕이 넘쳐났으니 말해 무엇하랴. 아무튼 차 맛도 내 마음도 어지럽기만 했다.

사실 차를 우리는 건 그렇게 어려운 일이 아니다. 원리는 간단하다. 그 원리를 이해하고 나면 그다음부터는 반복 훈련을 통해 숙련도를 높이기만 하면 된다. 차를 많이 우리면 우려볼수록 차의 맛도 점점 안정을 찾아간다. 여유롭게 헤엄치는 물고기의 유영 같은 지단의 드리블은 꾸준한 연습과 반복된 훈련을 통해 만들어진 것이다. 지단에게 주어지는 축구공과 우리가 가질 수 있는 축구공은 똑같다.

더 맛있는 차를 우릴 날을 기대하며

차 우리는 법을 처음 배울 때 내가 어떤 방식과 사고를 통해 깨치고 이해했는지 그 흐름을 짧게나마 소개한다. 다음에 소개하는 이 과정을 한 시간 정도만 집중해서 주의 깊게 따라 하다 보면 기본적인 차 우리는 방법 정도는 익힐 수 있을 것이다.

먼저, 차를 우릴 때 필요한 기본 요소를 살펴보자.

가장 중요한 것을 추려보면 찻잎, 물, 다구, 사람 등 네 가지로 정리할 수 있다. 찻잎과 다구, 물은 누구나 알듯 차를 마시려면 꼭 있어야 하는 필수 요소다.

사람은 다소 가변성이 있는 요소다. 차를 우리는 사람에 따라 같은 찻잎과 다구, 물을 사용하더라도 차의 맛은 천차만별이기 때문이다.

'가장 맛이 좋은 차는 사춘기 전 아이들이 우리는 차라는 말'이 있다. 아이들은 잡념이 없이 차를 우리기 때문이다. 무협지나 무협 영화를 보면 산속에서 수행하는 대사 옆에 다동茶童이 있는 것을 종종 볼 수 있다. 어린 아이들이 우린 차가 맛이 좋기 때문에 이런 다동들이 과거에 실제로 존재했다고 한다. 요즘 그렇게 했다가는 아동학대로 처벌을 받겠지만 당시에는 다동들이 우린 차를 으뜸으로 쳤다. 이는 차를 우리는 사람이 왜 중요한지를 알려주는 대목이기도 하다.

자, 이제 잡설은 뒤로 하고 본격적으로 차를 우리는 순서에 대해서 알아보도록 하자.

차 우리는 순서

1. 차호를 100도로 끓인 물로 덥힌다.
2. 찻잎을 꺼내어 감상하고 다구를 준비한다.
3. 물을 끓이는 동안에 차호에 찻잎을 두고 향을 맡는다.
4. 첫 물을 우려내 세차洗茶(차의 불순물을 세척하는 것)와 룬

차潤茶(차를 풀어주는 것)를 한다. 이 과정은 메마른 찻잎이 잘 우려나도록 준비하는 과정이다. 보이차에서는 세차라는 용어를 쓰고, 우롱차에서는 룬차라는 용어를 쓴다.

5. 그런 다음 물을 따라내고 열후(뜨거울 때 맡는 향)를 하며 또 향을 즐긴다.

6. 물을 넣고 우린다.

7. 차를 우리는 횟수는 차의 성숙도와 발효도에 따라 정한다.

8. 찻잎이 식었을 때 차호를 가지고 냉후(식었을 때 맡는 향)를 하며 향을 즐긴다.

차를 우릴 때 기억해 두면 좋은 기본 공식이 하나 있다. 근의 공식이나 삼각함수를 처음 배울 때처럼 일단 외워두면 나중에 이해가 될 때가 있으니 꼭 외워두기를 권한다.

'여린 잎은 낮은 온도에서, 성숙한 잎은 높은 온도에서, 발효도가 낮으면 낮은 온도에서, 높으면 높은 온도에서.'

이것이 기본 공식이다. 하지만 실제로는 찻잎의 상태를 보고 차를 우리는 사람이 판단해야 하는 영역이 넓다.

찻물의 온도는 녹차나 여린 싹으로 만든 차는 섭씨 70~85도 정도가 적당하고, 청차나 홍차, 흑차 등 발효도가 높은 차는 찻물의 온도가 더 높아도 된다. 쉽게 이야기하자면, 작고 여린 잎은 좀 덜 뜨겁게, 거친 잎은 팔팔 끓는 물로 우린다고 생각하면 된다.

이 정도의 요령만 익혀놓아도 차를 우릴 때의 두려움을 어느 정도는 극복할 수 있다. 내가 사무실에서 보이 숙차를 먹는 것 역시 이 기본 공식에 따른다.

일하다 보면 차에 신경을 쓸 수 없기 때문에 순간적으로 정신을 놓는 경우가 있다. 이때는 차가 너무 써서 마실 수가 없다. 녹차를 이렇게 우렸다면 차를 버리고 새로 우리는 게 나을 정도로 쓴맛이 난다. 대신 흑차 같은 경우 1아 5엽·6엽(대여섯 번째 잎)까지도 따서 만드는데 이런 차는 보리차 끓이듯이 주전자에 넣고 팔팔 끓여 먹어도 된다. 내가 미처 신경을 쓰지 못해 길게 우려도 못 먹을 정도로 쓴 맛을 내지 않는다.

초보자들이 차를 마시면서 가장 어려워하는 부분이 물과 찻잎의 비율이다. "차 하나 우리는 데 뭐가 그리 까다로워?" 하고 말할 사람도 있을 것이다. 차는 편하게 마시면 된다는 그럴듯한 논리를 대지만, 그래도 모든 것에는 따라야 할 법칙이 있다는 게 내 생각이다. 와인을 머그컵에 따라 마시고 위스키를 종이컵에 따라 마시는 데 동의할 애주가가 있을까? 이건 누가 생각해도 잘못된 방식이다. 술은 각각의 향과 맛을 가장 잘 살릴 수 있는 잔을 선택해 마셔야 맛을 제대로 느끼고 거기에서 오는 즐거움도 온전히 느낄 수 있는 것이다. 이 세상 대부분의 법칙이 괜히 만들어진 게 아니다. 오랜 시행착오를 거쳐 찾아 낸 최선의 방법. 그것을 배우고 따르다 보면 훨씬 더 큰 즐거움을 느낄 수 있다.

물과 찻잎의 비율

아무튼 이제 물과 찻잎의 비율에 대해 알아보자. 보이차는 40cc 기준 1g을 준비하면 된다. 120cc짜리 차호를 사용한다면 3g의 차를 우려야 한다. 차를 마시는 사람이 많다고 120cc 차호에 많은 양의 차를 넣는 것은 옳지 않다. 그보다는 물 120cc에 3g의 차를 넣고 여러 차례 우리는 것이 낫다.

조금 더 디테일하게 들어가면 찻잎의 등급에 따라 포차泡茶 (차를 우리는 과정) 시간이 달라진다. 보이차는 특급과 1~9등급으로 찻잎을 구분한다. 특급이 가장 작은 잎이고 숫자가 커질수록 크고 거친 잎이다. 보통 특급과 1~2등급 찻잎만으로는 보

이차를 만들지 않지만, 간혹 중국에서는 싹으로 고급 보이차를 만들기도 한다.

여기에서는 도식화해서 차 우리는 시간을 설명해보겠다. 정리하자면, 특급~2등급의 어린잎은 7초, 3~4등급은 15초, 6등급은 20초 안팎, 7~8등급은 30초다. 여린 잎일수록 차가 잘 우러나기 때문에 우리는 시간을 짧게 한다는 공식이 성립된다.

찻잎의 양을 얼마나 넣어야 하는지 알게 됐다. 하지만 방심은 금물이다. 이제 차의 종류에 따라 물을 얼마나 부어야 하는지를 알아야 할 차례다. 누구나 처음에는 여기에 대해 아예 감이 없기 때문에 물을 얼마나 부어야 할 지를 모른다. 이런 사람들을 위해서 가장 일반적인 비율을 소개해 본다.

절대적인 기준은 없지만 차의 종류로 대략 나눠 설명하자면 녹차, 홍차, 백차, 황차는 대체로 찻잎과 물의 비율이 1:50이다. 숙성도가 높은 청차, 흑차는 찻잎과 물의 비율이 1:20 정도로 찻잎의 양을 많이 잡는다. 이처럼 찻잎을 다른 차들보다 많이 투차하는 이유는 청차는 향기를 즐기는 차이기 때문이다. 아무래도 찻잎 양을 많이 잡으면 향을 쫙 뽑아낼 수 있다. 물론 내 경우에 그렇다는 것이다.

흑차는 차 나뭇가지에서 위로부터 1아 5엽 · 6엽까지 채엽해 사용하기 때문에 찻잎을 많이 넣어야 더 맛있게 우릴 수 있다. 내 기준으로는 150cc에 7~8g 정도를 넣는다.

차 우리는 시간

차를 우리는 시간도 차 맛을 좌우하는 중요한 요소이다. 차를 처음 마실 때 차가 맛이 없다고 느끼는 경우가 많다. 이는 차를 우리는 시간을 너무 길게 잡았기 때문이다. 이러면 '차는 쓰다'라는 선입견이 생기게 된다. 차는 오래 우릴 수록 쓰고 떫은 맛을 낼 가능성이 크다. 특히 한국에서 많이 마시는 녹차는 더더욱 그렇다.

차를 우리는 횟수가 증가 할수록 우리는 시간을 늘려 주어야 한다. 청차의 경우, 처음 우려 내고 2, 3, 4번째 우릴 때는 횟수 당 15초씩 시간을 늘리는 것이 좋다.

팁을 하나 알려드리자면, 평소 자신이 맛있게 마시는 찻물색을 기억해 두라는 것. 차를 우리다 보면 회사에서 급히 찾는다든지, 아이가 부른다든지 등 각종 '돌발 상황'이 발생하기 마련이다. 이런저런 이유 때문에 차를 오랜 시간 우려 버렸다면, 물을 더 부어 기억해 두었던 찻물 색으로 농도를 맞추면 어느 정도는 맛을 복구할 수 있다. 물론 모든 복구 프로그램이 그렇듯 완벽한 복구는 기대하기 힘들지만 상당히 효과는 있는 편이다.

차 우리는 횟수

마지막으로 차를 우리는 횟수에 관해 이야기해 보자.

딱 정해진 기준은 없지만 초보자를 위해 간단히 설명하자면, 발효도에 따라 녹차는 우릴 수 있는 횟수가 적고, 발효도가 높고 성숙한 잎을 쓰는 청차와 흑차는 우릴 수 있는 횟수가 많다.

보통 녹차는 3~4회, 청차와 흑차는 7~8회를 우린다. 백차, 황차, 홍차는 잎의 성숙도를 봐서 우리는 횟수를 결정하는데 마시다 보면 차 맛이 약해져 찻잎이 수명을 다했다는 것을 자연스럽게 느낄 수 있다.

차를 더 우릴 수 있는지 더 이상은 우릴 수 없는지를 알 수 있는 간단한 판별법이 있는데, 건조된 잎이 쫙 펴지면 더는 우려낼 수 없다는 뜻이다. 그러니 차를 우리면서 잎의 상태를 확인하는 것도 중요하다. 단, 대홍포大红袍(우롱차의 한 종류)는 잎이 다 펴지지 않아도 차가 더 우러나지 않는 경우가 있다. 모든 공식에는 예외가 있듯 차에도 예외가 있는 것이다.

앞서 나온 공식들을 기억해 둔다면 찻잎과 다구를 마주했을 때 당황하지 않고 약간의 자신감을 가질 수 있을 것이다.

전문 분야에서 '짬에서 나오는 바이브'라는 말을 자주 쓴다. 차에서도 이 말은 그대로 적용된다. 초급 과정을 마쳤으니 이 제 슬슬 조금 더 욕심을 내 볼 때가 온 것이다. 단순히 '마실 만 한 차를 우리는 것'과 '최상의 맛을 끌어내는' 것은 차원이 다 른 일이다. 이는 기사를 쓰는 것과 이치가 같다. 그럴싸한 기사 를 쓰는 것은 그다지 어렵지 않다. 5년 정도 언론사에서 일하 면 그런 기사는 하루 10개라도 '양산'해 낼 수 있다. 반대로 정 말 좋은 기사를 쓰기는 쉽지 않다. 취재원을 상대하는 법과 기 사를 작성하는 글 솜씨, 현장 분위기를 읽어내는 감각 등 여러 가지가 필요하기 때문이다.

차 역시 마찬가지다. 기본기부터 탄탄히 닦고 많이 우려 봐 야 차의 참맛을 끌어낼 수 있다. 천리 길도 첫 걸음부터다. 지 금 당장 수납장으로 가보자. 누군가에게 선물 받은 차가 우두 커니 당신을 기다리고 있을 것이다.

꺼내서 우려 보자. 첫 작품은 물론 쓰겠지만, 우리고 우리고 또 우리다 보면 그럴싸한 차를 마시게 될 날이 올 테니까.

뛰어난 향과 회감回甘을 보여주는 '황후의 차'

이무易武

　　보이차를 마시기 시작한 사람은 보통 거부감이 없는 숙차를 먼저 마신다. 아무래도 악퇴 기법(1973년부터 사용된 인공 발효를 통한 숙차 제조법)을 사용해 발효한 숙차는 초심자가 먹기에도 부드럽고, 흔히 '쨍한 맛'이라고 하는 차기茶气도 약한 편이라 혀에 거슬리거나 속에 부담도 주지 않는다.

　　나 역시 중국에서 처음 차를 마실 때 보이 숙차를 즐겨 마셨다. 술 마신 다음 날 마시면 숙취 해소에도 좋고, 일하면서 아무렇게나 우려도 맛이 써지지 않아 좋았다. 하지만 어느 분

야나 그렇듯 초보 단계를 넘어서면 조금 더 강하고 유니크한 것들을 찾기 마련이다. 차 역시 마찬가지인데, 보이차도 숙차를 즐겨 마시다 보면 주변에서 가끔 좋은 생차를 권한다. 우리 귀에도 익숙한 생차는 싱글몰트 위스키처럼 특정 지역에서 난 찻잎으로 만들며 지역색이 강한 것이 특징이다. 고가의 차들 대부분이 생차다. 이런 비유가 맞을지 모르겠지만 귀한 흑산도 홍어를 먹을 때 삭혀 먹지 않듯 좋은 찻잎을 굳이 숙차로 만들어 먹지 않는 것이다.

생차 중에서 가장 잘 알려진 차는 노반장老班章(라오반장), 이무易武(이우), 빙도冰岛(빙다오) 등이 있다. 찻집을 다니다 보면 언젠가 들었을, 또 언젠가는 듣게 될 명차 중의 명차들이다. 와인으로 친다면 '5대 샤토'쯤 되려나. 아무튼 이 차들은 모두 지역명을 따서 만든 것으로, 보이차 산지인 시솽반나西双版纳와 인근 지역의 차 생산지인 산봉우리 이름을 딴 차들이다.

차에 지역명이 붙는 것은 와인과도 비슷하다. 그만큼 차의 맛이 저마다 다르고 독특한 특징을 갖고 있다는 의미다. 마오타이가 마오타이 현에서만 그 맛을 구현할 수 있어 귀한 것처럼, 이 지역에서 나는 차는 이 지역에서만 생산이 가능하다는 의미를 차 이름이 내포하고 있다. 만약 어디서 재배하든 같은 맛이 구현된다면 명차의 반열에 오르기 힘들지 않을까?

보이차의 한 종류인 이무는 '황후의 차'로 불린다. 보이 생차 중 유명한 노반장이 '황제의 차'라 불리고 빙도가 '여왕의 차'라 불리듯 이무는 황후라는 칭호를 갖고 있다. 중국 황실의 계보가 보이차에 다 붙은 느낌이지만 차 중의 차라는 보이차니 이해하도록 하자.

'황후의 차'라는 칭호에서 예상되듯 맛은 부드럽고 향긋하며, 명차의 조건 중 하나인 회감回甘(차를 마시고 난 뒤 올라오는 단맛)이 뛰어나다. 이무를 한입 머금으면 향긋한 꽃향기가 올라오고, 찻물을 목으로 넘기면 연한 쓴맛이 밑을 단단히 받치고, 잠시 뒤 그 위로 단맛이 올라선다. 조금 더 시간이 지나면 입 안 가득 달콤한 맛이 느껴지면서 혀 양쪽 끝에서 침이 샘솟는 것을 느낄 수 있다. 생차를 별로 즐기지 않던 내게 생차에 대한 생각을 바꿔준 차가 바로 이무다.

이우 지역은 보이차 산지 중에서도 '고古 6대 차산'으로 불렸던 명차 중의 명차 산지다. 지금은 멍하이勐海(맹해) 지역으로 맹주의 옥좌가 넘어갔지만, 대약진 운동과 문화대혁명 시기 차나무가 베어나가기 전까지는 이우의 보이 생차가 최고 자리를

차지했다. 이무는 1729년 청나라 옹정황제에게 진상되면서 황실 공차贡茶가 됐고, 공차 제도가 사라진 뒤 만들어진 경매에서 수억을 호가하는 호급차号级茶의 주요 생산자들도 이우 지역의 차창이었다. 홍위병이 자본주의의 자산이라며 보이차를 불태워 없애면서 명성에 금이 갔지만, 후에 대만 화교들이 이우 지역 차를 복원하는 데 앞장서면서 명성을 되찾아 가고 있다.

윈난 보이차의 주요 생산지인 시솽반나를 살펴보면 동쪽에는 이우가 있고, 서쪽에는 라오반장이 있다. 라오반장에서 북쪽으로 올라가면 또 다른 명차 산지인 린창临沧이 있고, 여기서 바로 요즘 최고가를 달리는 빙도 보이차가 생산된다. 보이차 산지인 시솽반나는 크고 작은 산과 산맥으로 이뤄져 있다. 바로 옆이라고 해도 차 맛이 다른 이유가 여기에 있다. 인터넷으로 지도를 켜고 보면 그 특징이 더 잘 나타나는데, 와인에서 말하는 테루아가 이렇게 좁은 지역에서 다양하게 나타나는 것이 참 신기할 정도다.

실제로 노반장과 이무는 완전 다른 맛이 난다. 물론 둘 다 묵직한 쓴맛과 후에 치고 올라오는 단맛은 비슷하지만, 입으로 마셨을 때 전해 오는 느낌은 천지 차이다. 노반장이 거칠게 압도하는 맛이라면 이무는 순하고 부드럽다. 개인적인 취향으로는 이무가 훨씬 마시기 좋다.

'이무'라는 이름이 붙었다고 해서 다 같은 맛을 내는 것도 아니다. 보통 이무정산易武正山차로 통일해 부르지만 정산은 특정 산을 가리키는 것이 아니라 이우, 만사, 만라를 잇는 9240㎡의 산줄기를 통칭한다. 내가 마셨던 이무는 이무 완궁彎弓이라는 차였다. 완궁이란 산에서 생산되기 때문에 붙은 이름인데 최고급 이무는 아니다.

이무는 차 마니아들에게도 인기가 많은 것으로 유명하다. 인기의 비결은 제다법에 있다. 이무는 만들 때 오래 숙성할 것을 염두에 둬서 덖기와 유념柔捻을 세게 하지 않고, 병餅을 찍을 때도 강하게 뭉치지 않는다. 이런 제다법은 차를 오래 보관하면 할수록 차 맛을 더 좋게 한다. 그래서 오래 보관해도 차의 가치가 떨어지거나 맛이 없어질 확률이 낮은 것이다. 중국에서는 이런 특징 때문에 이무를 창파오관쥔长跑冠军이라 부른다. 이를 번역하면 '마라톤의 왕'이다. 오래 숙성할수록 맛이 더 깊어지기 때문에 나중에 가서는 이무를 이길 자가 없다는 뜻이다.

이무는 초심자도 쉽게 마실 수 있는 생차다. 이제 차에 조금 익숙해졌다면 부드러운 황후의 품격을 갖춘 이무를 마셔보길 권한다.

오리똥 향이 나는 차가 있다고?

봉황단총凤凰单枞

중국 지인이 광둥으로 여행을 다녀오면서 차를 좋아하는 나에게 재밌는 차를 선물로 가져왔다. 차의 맛도 맛이지만 차 이름이 정말 재미있다. 중국어로는 야스샹鸭屎香(압시향)이라는 이름을 갖고 있다. 이를 한국어로 풀이해 보면 '오리똥 향'이라는 뜻이다. 차에서 똥 냄새가 난다니! 당연히 맛을 봐야지. 호기심이 무럭무럭 자라났다.

야스샹이라는 차는 봉황단총凤凰单枞(펑황단총)의 한 종류다.

대부분 차 명칭이 그렇듯 봉황단총도 차가 난 지역인 광둥 차오저우潮州 평황凤凰(봉황)현에서 난다고 붙은 이름이다. 차 종류로 구분하자면 우롱차다. 광둥은 푸젠만큼 우롱차를 많이 먹는 지역이기 때문에 광둥에서 이름이 난 봉황단총의 맛은 당연히 좋을 수밖에 없다.

야스샹은 우롱차 중에서도 청향형 우롱차에 속한다. 발효 정도가 우롱차 중에서는 낮은 편으로 철관음铁观音(톄관인)처럼 향이 좋고 깔끔한 맛이 특징이다.

이 차의 별칭이 야스샹이 된 데는 재밌는 사연이 깃들어 있다. 당연히 이름처럼 오리똥 냄새가 나진 않으니 일단 걱정은 붙들어 매길 바란다.

야스샹은 일단 보기에도 찻잎의 모양이 가느다랗고 길게 생긴 것이 오리똥을 꼭 닮았다. 별칭이 찰떡처럼 맞아떨어진 것이다.

사실 야스샹이 이런 이름이 붙은 이유는 토양 때문이다. 향이 좋은 우롱차를 재배하기 위해 가장 중요한 것은 토양이다. 우롱차 명지인 우이암산武夷岩山도 토양이 좋은 곳이다. 야스샹이 재배되는 평황현은 예로부터 '오리똥'이라 불리는 황토로 유명한 곳. 미네랄이 풍부한 이 토양이 차나무가 자라는 데 좋은 환경을 만들어 줬다.

차향 역시 미네랄이 풍부하다. 마치 우이암차武夷岩茶인 대홍포나 육계, 수선 같은 맛을 낸다. 이 차를 맛본 사람들이 차맛이 너무 좋아 야스샹을 처음 재배한 농부에게 어떻게 이런 차나무를 재배했냐고 물었는데, 농부는 자신만의 재배 기술이 탄로 날까 봐 "오리똥으로 길러, 이런 향이 난다"라고 둘러댔다. 이때부터 봉황단총은 '야스샹'이라는 이름으로 불리기 시작했다고 한다.

야스샹은 송대 말기부터 재배가 됐다고 하니 역사가 900년 가까이 된다. 긴 역사만큼 봉황단총의 품종도 80여 가지에 달한다. 우이암차처럼 육계향, 수선향, 난초향 등등 향도 다양하다.

재배 지역이 열대 기후이기 때문에 잎의 크기는 다른 지역의 우롱차보다 큰 편이다. 재배 환경은 연평균 21.4도의 기온과 강수량 1685.9mm, 사계절 맑은 기후를 유지하는 곳이다.

맛은 우이암차와 비슷한데 조금 더 맛이 풍부하다고 해야 할까? 우이암차처럼 그윽한 바위 향이 나면서도 바위틈에 핀 난에서 난꽃 향기가 은은하게 올라오듯 향긋한 느낌이 있다. 바위향은 운무가 짙은 펑황현의 기후 때문에 나는 것일 테고, 꽃내음은 아마도 질 좋은 토양이 빚어낸 것이리라.

야스샹의 향을 중국 사람들은 향이 좋기로 유명한 금은화金銀花(인동덩굴꽃)에 빗대서 표현할 정도로 은은하다. 마시는 내내 향긋하면서도 묵직한 차향이 이어진다. 차 중에는 맛보다 향이 더 좋은 차들이 몇몇 있는데 야스샹은 확실히 혀보다 코를 더 즐겁게 하는 차다.

그리고 중국 싸구려 차를 먹을 때 느껴지는 가향한 듯한 느끼함이 전혀 없이 깔끔한 맛이 일품이다. 잎이 두꺼워서 그런지 내포성도 좋아서 한 번에 8번 정도 우릴 수 있다.

2장

다구를 갖춰볼까요?

다인에게 다구란?

차 이야기를 하면서 빼놓을 수 없는 것이 다구茶具다. 다구
라 함은 차를 우리는 도구를 총칭하는 것이다.

솔직히 말하자면 초보 다인의 마음을 뺏는 것은 늘 마셔도
질리지 않는 보이차도 아니요, 고요하게 차를 마시는 순간도
아니요, 차를 우려내는 차예사의 수려한 동작도 아니다. 바로
다구다.

모든 취미 활동에는 언제나 도구가 앞서는 법이다. 주위에
서 골프와 낚시, 테니스, 자전거, 캠핑, 카메라, 오디오를 취미
로 가진 지인들을 떠올려 보면 쉽게 이해가 갈 것이다.

차도 별반 다를 것 없다. 차라는 취미를 즐기기 위해서는 다구가 중요하다. 아니라고는 말 못 하겠다. 다구는 그저 보고만 있어도 매력이 철철 넘치는 차계의 도화살 같은 존재다. 주변에서 차는 마시지 않아도 다구를 사 모으는 사람을 꽤 많이 보아 왔다.

이들을 비판할 이유도 없고 비판해서도 안 된다는 게 내 생각이다. 다구를 좋아하는 것은 하나의 예술품을 사랑하는 마음과 같다. 군이 비유를 하자면 운전은 못 해도 자동차를 좋아하는 마음과 같다고나 할까? 예술품을 사 모으다 보면 자연스럽게 예술을 알게 되고, 자동차를 사고 싶은 마음이 있어야 운전면허를 따는 것이 세상의 이치다.

차관에 앉아 있다 보면 차 이야기는 시큰둥하게 듣다가도 진열장에 올려진 자사호紫砂壺를 보고서는 눈이 반짝거리는 사람을 목도하게 된다. 또 찻잔에 담긴 차의 이야기보다는 단아하고 우아한 맵시를 뽐내는 찻잔에 마음을 뺏긴 모습도 심심찮게 본다. 다구를 보고 그것의 관능적인 매력을 한 번도 느껴보지 않은 사람이라면 이들에게 돌을 던져도 좋다. 다구를 좋아한다고 해서 다인의 길로 꼭 빠지는 것은 아니지만, 내 경험상 다구를 좋아하는 사람이 차에 빠질 확률이 월등히 높다. 이것이 바로 다구가 가진 매력이자 장점이다.

다인들 중 혹자는 이들을 물욕에 빠진 세속적인 이들이라고 욕할 수도 있다. 그럼 나는 손을 들어 그 혹자의 찻장을 가리키겠다. 그곳에 쌓인 값나가는 차들을 사회에 환원할 수 있다면 다구에 빠진 사람들을 욕하여도 좋다. 이것은 나의 다구 예찬론이자 다구를 바라보는 관점이다. 다구는 다인의 길을 열어주고, 다구는 다인의 길을 떠나지 않도록 잡아주는 도구가 된다.

가끔 집으로 돌아와 차 테이블에 놓인 다구를 가만히 들여다본다. 차를 마시려는 게 아니다. 차를 우리지 않고 그저 들여다보기만 한다. 잔 두께가 얇지만 단단한 경덕진景德鎭 찻잔과 차향을 더욱 좋게 해주는 흑금강 매화 자사호, 중국에서부터 지금까지 가장 아끼고 애용하는 녹니綠泥 자사호, 허달재 화백님이 선물해준 청색 차호, 옹기종기 장독대의 장독처럼 모여 앉은 차총 자사호 6형제, 연꽃 모양의 차하……. 이 모두는 차를 우리지 않고 바라만 봐도 마음이 차분해지는 귀한 예술품들이다. 값은 나가지 않지만 나에게는 제일 친한 차우라고나 할까.

차가 담기든 담기지 않든 다구는 그렇게 차 생활의 활력이자 평안이자 지속이다. 다구 따위에 무슨 의미를 그렇게 부여하나 싶다면 집 근처 차관에 가 진열된 다구를 찬찬히 바라보시라. 당신의 마음을 사로잡는데 채 10분, 아니 10초 정도면 충분한 매력이 그곳에 있다. 봉긋한 서시호西施壺, 물줄기가 시원한 수평호水平壺, 영국의 그것과 닮은 홍차 자기 차호까지 각양각색의 모양으로 형형색색을 뽐내며 앉은 폼에 마음이 동하지 않을 사람은 없을 테니까.

다구 예찬은 이쯤 하면 될 것 같습니다. 너무 색을 밝히는 호색한이 된 것 같아 체면이 서지 않지만 이 정도로 그친 것도 많이 참아 넘긴 거란 걸 너그러운 마음으로 이해해주셨으면 감사하겠습니다.

주원장의 등장, 단차에서 산차로

현재 우리가 사용하는 다구는 우리가 마시는 차인 '6대 다류'(녹차 · 백차 · 황차 · 청차 · 홍차 · 흑차)가 정립된 명말청초明末淸初에 그 모습을 갖췄다. 차의 역사가 5,000년이 넘는다고 말한 지 얼마나 지났다고 이런 말을 하나 싶을 수 있겠지만, 이를 이해하기 위해서는 잠시 차의 역사에서 가장 혁신적인 순간을 조명해볼 필요가 있다. 세계사 수업을 하자는 것이 아니라 아주 드라마틱한 역사의 순간을 들여다보자는 이야기다.

현대 차 문화에 가장 지대한 영향을 끼친 역사적인 순간을 꼽으라면 단연코 명나라 창업 군주인 홍무제 주원장朱元璋 (1328~1398)의 등장이다. 평민 출신인 주원장은 황실에 차를 진상하는 공차 제도가 민초들의 삶을 얼마나 피폐하게 만드는지 몸소 경험하고 목도했다.

그는 평민에서 아주 극단적인 신분 상승을 통해 황제가 된 인물. 하지만 평민으로 살았던 때의 기억은 고스란히 그의 뼈마디마다 아로새겨져 있었다. 젊은 나이에 원나라 황제의 폭정에 반기를 들어 홍건적에 투신했던 그는 황제가 된 뒤, 당시 공차로 통용되던 차인 단차團茶의 제조를 금하고 산차로 차를 만들도록 칙령을 반포했다. 단차니 산차니 하는 것은 뒤에 설명하도록 하겠다.

주원장의 칙령은 민생을 생각한 하나의 조치였지만 이것이 차 문화에 끼친 영향은 지대했다. 주원장이 금지시킨 단차라는 것은 만들기가 굉장히 복잡하고 고단했다. 얼마나 고된 일이었으면 황제까지 나서서 칙령을 내렸을까.

이해를 돕기 위해 단차를 만드는 방법을 살펴보자. 당대唐代에 단차를 만드는 첫 단계는 찻잎을 새순으로 따서 대나무 바구니에 넣고 찌는 것이다. 덖는 방식이 아니라 수증기로 차를 쪄서 열을 가하는 증제차의 제다 방식이다. 찐 찻잎은 절구에 넣고 찧어 쌀풀 등을 섞어 철제 틀에 넣고 찍어 낸다. 그리고

이를 꿰어 건조한다. 완성된 차는 공의 모양이거나 엽전 같은 모양이다. 간단히 요약해 글로 써도 복잡해 보이는 단차 제조 과정을 실제로 하려면 상당한 공이 든다.

백성의 고혈을 짜서 만든 단차는 도가와 선불교 승려, 상류층 문인, 귀족, 황족이 즐겼다. 단차는 즐기는 방법 역시 만드는 것만큼이나 복잡했다. 단차에 대한 기록은 중국에서 다성茶聖이라 불리는 육우가 쓴 『다경茶經』에 잘 나와 있다. 육우는 중국 고대의 차 문화를 정리한 사람으로 그가 쓴 『다경』으로 인해 중국의 차 농업은 비약적으로 발전할 수 있었다.

그럼 단차를 우리는 방식을 알아보자. 먼저 단차를 구워 종이로 싸서 식힌 뒤, 차 맷돌로 갈아서 가루를 낸다. 가루 낸 차는 비단으로 체를 쳐 받는다. 찻가루가 준비됐다면 좋은 물과 숯을 구해 물을 끓이고, 첫 번째 물이 끓으면 소금을 넣고, 두 번째에는 찻가루를 넣고, 또 다시 끓어오르면 차를 찻사발에 떠서 마신다.

여기서 잠깐. 주의 깊게 음차 과정을 살펴보자. 우리가 요즘 마시는 잎차를 우리는 방식과는 확연히 다른 부분이 보일 것이다. 단차를 마시는 방식은 차를 우린다기보다 차를 끓이는 것이다. 이 두 가지를 중국에서는 포차법泡茶法과 자차법煮茶法이라고 구분 짓는다.

주원장 이후 단차 대신 산차를 마시게 된 사람들은 차를 끓여 먹던 기존의 자차법을 버리고 차를 우려서 마시는 포차법을 택하게 된다. 단차처럼 불에 구워 가루를 낸 뒤 물에 넣어 끓이지 않아도 되는 산차는 사람들이 자차법을 더 이상 따를 필요가 없게 만들었다.

찻잎 형태인 산차는 잎에서 곧바로 차가 우러나기 때문에 자차법보다는 포차법을 이용해 우리는 게 더 낫다. 지유명차 서해진 갤러리 GU 대표에 따르면 주원장 등장 이후 포차법이 완벽히 정립되는 데까지는 약 200년의 세월이 걸렸다. 어떤 문화가 정착되기까지는 응당 그만한 시간이 걸리는 법이다. 오늘날과 같은 차를 덖는 방법 역시 이때 등장했다. 포차법이니 자차법이니 공자 왈 맹자 왈 왜 복잡한 소리를 해 대는가 의아할수도 있겠지만 이 역사를 알아야 더 의미 있게 차를 즐길 수 있다. 어쨌든 주원장의 칙령 반포는 현대의 다인들에게는 축복이 된 셈이다.

포차법의 유행이 탄생시킨 차호茶壺

자, 이제 본격적으로 다구 이야기를 해보자.

차의 형태 변화는 차를 우리는 방법뿐 아니라 다구의 변화로까지 이어졌다. 차를 제대로 즐기려면 포차법에 맞는 다구가 필요했다. 이때 중국 황실에서는 금, 은, 동, 도자기까지 여러 재료를 이용해 차호茶壺를 만드는 실험에 나선다. 말이 실험이지 이리저리 궁리해 최적의 차 맛을 내는 차호를 만드는 데 공을 들였다는 이야기다.

단차를 마시던 시대만 해도 차호의 효용성은 그다지 크지 않았다. 커다란 솥에 차 가루를 집어넣어 끓여냈기 때문에 차

호보다는 찻사발이 주된 다구였다. 하지만 찻잎을 우려내야 하는 산차의 시대가 도래하면서 찻잎을 우려내기 위한 차호의 중요성이 더욱 커지게 됐다.

여러 실험을 거친 끝에, 중국인들은 자사紫砂라는 광물을 원료로 한 자사호紫砂壺가 차를 우리는 데 최적화된 다구라는 사실을 알아냈다. 명나라 초기 수도였던(3대 황제인 영락제 때 현재 베이징으로 천도한다) 난징南京 남쪽에는 자사라는 광물이 나는 이싱宜興이라는 지역이 있었다. 자사는 광물이었지만 물을 더하면 점성이 생겨 흙처럼 차호를 빚을 수 있었는데, 자사로 만든 차호를 자사호라 부른다. 우리가 그렇게 애지중지해 마지않는 자사호가 바로 이것이다.

중국인들은 자사를 두들겨 차호를 만들었고 이 과정에서 차호에 물고기의 비늘처럼 여러 겹의 층이 생기게 됐다. 이런 자사의 특성과 제조 방식은 보온성과 통기성이 강한 차호를 만들어 냈고 이는 산차를 포차하기에 가장 적합했다.

당시 차호를 정하는 기준이 되는 차는 자사호와 가장 궁합이 맞는 보이차가 아닌 우이암차였다. 보이차가 중원의 사람들에게 관심을 받기 시작한 것은 청나라 들어서의 일이니 당시에는 우이암차가 차의 표준 역할을 했을 것이다. 포차법은 자차법과 달리 찻잎을 짧은 시간에 우려내야 하기 때문에 차 고유의 성분을 추출하려면 물의 온도를 유지하는 보온성이 중요하고, 찻잎이 쪄지지 않도록 하는 통기성 역시 중요했다. 그래서 보온성이 약한 경덕진의 도기는 포차에 적합하지 않았다. 장시성江西省 파양호鄱陽湖 동부에 위치한 경덕진景德鎭은 당시 최고의 자기를 만드는 곳으로 현대의 로열 코펜하겐Royal Copenhagen, 리차드 지노리Richard Ginori, 웨지우드Wedgwood 등과는 비교도 되지 않을 정도로 명성이 자자했던 곳이다. 그런 경덕진을 제치고 자사호는 당당히 포차법 시대를 호령한다.

당시 포차법을 위한 차호의 요구사항은 아래와 같다.

---

1. 통기성(숨을 쉬는 성질)이 있어야 한다.
2. 잘 우러나야 한다.
3. 보온성이 강해야 한다.
4. 향을 잘 잡아야 한다.

자사호도 여러 시행착오를 거쳐 명나라 중기에 이르러서야 완벽한 형태를 갖추게 됐다. 초기의 자사호는 사람 머리 크기만 했지만 포차법의 발달에 맞춰 현재의 크기로 줄어들었다. 아마도 최고의 차 맛을 얻기 위한 부단한 실험의 결과물이었으

리라 생각한다.

자차법이 포차법이 된 것은 차 문화사에서 하나의 혁명으로 볼 수 있다. 자차법은 그 복잡성 때문에 누군가(다동, 차 노비 등)를 시켜 차를 우리도록 했지만 포차법으로 바뀐 뒤에는 차를 마시는 사람이 스스로 차를 우려 마시는 게 일반화됐다.

주원장의 애민정신으로 내려진 칙령 하나가 현대의 6대 다류가 정립되는 계기가 됐고, 포차법 역시 세대를 거듭해 발전하게 했다. 평민 출신 황제의 '작은' 결심이 나비효과를 일으켜 오늘날 다인들의 즐거움이 됐으니 차를 즐기는 애호가라면 모두 주원장에게 감사의 마음을 가져야 하지 않을까.

자사호紫砂壺를 가져볼까요?

다구 이야기를 할 때 가장 앞자리에 나와야 하는 것은 차호다. 차호는 차를 직접적으로 우려내는 다구다. 다른 다구는 없더라도 어떻게든 차를 마실 수 있지만, 차호가 없다면 차를 우리는 것 자체가 굉장히 곤욕스러운 일이 된다.

차호 중에서도 자사호는 모든 다인의 워너비이자 숙제다. 자사호의 매혹적인 자태와 단아함, 때론 화려한 무늬가 차를 마시는 사람의 눈을 사로잡는다. 반대로 가장 난해한 것도 바로 자사호다. 그래서 숙제가 되는 것이다.

자사호를 떠올리면 어느 정도 가격대를 사야 할지, 어떤 모양을 사야 할지, 어떤 색을 골라야 할지 혼란을 거듭하다가 종

국에는 두려움의 단계에 들어서게 된다. 차에 대한 경계를 겨우 넘어 차의 세계에 첫발을 들인 다인이 조금은 차에 익숙해질 무렵 부딪히게 되는 두 번째 장벽이 자사호다.

차관에 진열된 자사호를 떠올려보자. 일단 색이 형형색색인데다가 모양도 각양각색이다. 초심자는 뭐를 어떻게 사용해야 하는지, 나한테 맞는 자사호가 무엇인지 알 길이 없다. 나 역시 처음 자사호 진열장 앞에 섰을 때 그런 심정이었다. 뭔가 자주 봐서 익숙하긴 한데 아는 것은 하나도 없는, 그다지 친하지 않은 같은 반 친구 같은 느낌. 하지만 너무 걱정할 필요는 없다. 자사호에 대해 조금만 알면 이런 고민은 금세 사라진다. 다만 해가 갈수록 높아지는 자사호 가격 때문에 점점 심해지는 금전의 압박만이 우리의 구매 욕구를 막아설 뿐이다.

앞서 말했듯 자사호는 산차를 우리기 위해 만들어진 다구다. 특히 중원의 차인 우이암차를 우리기 위해 기획되고 만들어졌다. 형식을 중시하는 중원 차 문화의 영향을 받아서인지 자사호는 초기엔 사람이 참선하는 모양인 이형호梨形壺(배 모양의 차호)의 형태를 띠었다. 사람이 참선하는 모양이라……. 주된 소비층이 승려나 상류층 문인이었다는 점을 감안하면 충분히 이해가 되는 부분이다. 이형호는 차가 정신 수양과 심신의 안정을 위한 음료라는 증거이기도 하다. 오늘날에도 차를 마실 때 참선까지는 아니지만 심신의 안정을 바라는 마음이 드는 것을 보면 차의 기본 성질이 차호에 깃들어 있다고 볼 수 있다.

자사호의 원료인 자사는 특이한 성질의 광물이다. 희토류쯤으로 생각하면 조금 이해가 편하다. 자사는 광물이기 때문에 자사호는 흙으로 빚은 자기와는 완전히 다른 형질을 갖고 있다. 앞서 언급했듯, 자사는 원래는 돌의 성질을 가지고 있지만 물을 만나면 점성이 생겨 흙을 반죽하듯 빚을 수 있다. 자사호는 이런 돌 알갱이를 반죽해 두드려 만들기 때문에 여러 겹의 층이 생기고 고어텍스 같은 성질을 갖게 된다. 그렇기 때문에 통기성이 강하면서도 보온성 역시 뛰어나다. 이런 특성은 우롱차와 보이차를 우리기에 적합하다.

자사를 캐서 자사호를 만들기까지 과정을 보면 자사호가 왜 그렇게 비싼지 알 수 있다. 자사호를 만들기 위해서는 먼저 원료인 자사를 채취해야 한다. 그다음에는 자사 광산에서 자사를 캐서 10년간 풍화를 시킨 뒤 맷돌로 갈아 모래 형태로 만든다. 이를 또 체에 걸러 굵기별로 나누고 각각을 만들고자 하는 자사호의 원료로 사용한다. 풍화를 시키는 시간, 체에 걸러 입자의 굵기를 나누는 과정, 여기에 점점 바닥을 보이는 자사 매장

량을 생각하면 자사호 가격은 앞으로도 계속해서 오를 것이다. 그래서 '오늘 산 차와 다구가 가장 싸다'라는 말이 있는 것이다.

자사의 종류는 니료泥料에 따라 갈리는데 크게는 산화철의 함량에 따라 자니紫泥, 녹니綠泥, 홍니紅泥가 있고, 광물에서 조금 더 흙의 성질을 띠는 단니段泥 계열이 있다. 자니, 녹니, 홍니는 자사의 색에 따라 나뉘는 것으로 자니는 짙은 갈색, 녹니는 녹색, 홍니는 붉은색을 띤다. 노란색 계열인 단니는 흙의 성질이 더 강하기 때문에 통기성이 떨어지지만, 향을 중시하는 우롱차나 홍차를 우릴 때는 향을 잡아두기 때문에 더 좋다. 반대로 보이 숙차 같이 묵은 향을 빼내야 하는 경우에는 단니보다는 통기성이 좋은 자니 계열의 자사호를 사용하는 것이 좋다. 자신이 진기가 강한 보이 노老 생차나 보이 숙차를 좋아하는지 우롱차나 홍차를 좋아하는지 취향을 파악하고 그에 맞는 자사호를 선택하면 된다.

자사호마다 꼭 특정한 차를 우려내야 한다는 법은 없다. 그러나 차를 오래 마시다 보면 자연스레 홍차와 우롱차는 단니나 도자기 차호에 우리게 되고, 보이차나 흑차는 자니에 우리게

된다. 이렇게 하는 이유는 차의 맛 때문이다. 차호의 종류에 따라 맛에서 미묘한 차이가 난다는 것을 느낄 수 있게 되면 차에 맞는 차호를 고르는 일이 한결 쉬워진다.

조금 거칠게 도식화해서 정리하면 홍니, 주니, 녹니, 단니는 우롱차와 홍차 계열의 차를, 자니는 진기가 강한 보이 노생차나 숙차, 흑차 계열을 우리는 게 좋다. 물론 자니 외에 다른 차호로 보이차를 우리지 말라는 법은 없다. 다만 차마다 어울리는 차호가 있다는 것을 알아두자는 차원에서 하는 말이다.

차호 하나를 고르는 데도 뭐 이렇게 복잡한가 싶겠지만, 앞서 말했듯 술도 거기에 어울리는 술잔에 마셔야 맛이 더 좋은 것처럼 차도 맞는 차호에 우려야 맛이 좋다. 설명을 들어도 전혀 차호를 고르는 법을 모르겠다고 실망할 필요는 없다. 차 생활을 이어가다 보면 자연스럽게 이해가 되고 알게 될 테니까 말이다.

더 중요한 것은 꾸준히 차를 마시는 것이다. 마실 차만 있다면 이런들 어떠하고 저런들 어떠하겠는가.

다완茶梡의 묘미를 느껴볼 차례군요

차와 차호 외에 필수적인 다구를 꼽자면 다완茶梡이다. 다완은 차를 따라 마시는 다구이자 차를 마시는 사람의 입술에 닿는 유일한 도구이다. 물론 차호를 들고 벌컥벌컥 차를 마신다면 유이한 다구가 될 수도 있다. 하지만 뜨거운 차를 그렇게 마시는 사람은 없다.

다완의 효용은 이 '뜨거움'에 있다. 녹차는 80도의 물에 우리기도 한다지만, 이 또한 마구 들이킬 정도의 온도는 아니다. 차를 차로 마시기 위해서는 최소 50도 이상의 온도를 유지해야 한다. 그래서 찻잔에 차를 따라 마시는 것이다.

포차법이 유행하기 전, 차를 큰 솥에 끓여 마실 때에는 높이는 낮지만 널찍한 그릇 모양의 다완을 사용했다. 후에 포차법이 유행하면서 지금처럼 작은 크기의 잔으로 대체됐다. 다완이 찻잔으로 변했지만 옛말은 그대로 남아 아직도 찻잔은 찻사발이란 뜻의 다완으로 불린다.

다완은 천천히 차를 음미하는 방법이기도 하고, 소량을 따라 마시기에 적절한 조건을 만드는 도구이기도 하다. 다완의 기능성만을 생각한다면 차를 마시는 묘미는 확 줄어든다. 그렇게 따지면 종이컵도 플라스틱 바가지도 다완의 역할을 할 수 있다. 그러나 그것들로 차를 마시면 흥과 분위기는 퇴색하고 말 것이다.

다완은 차호 못지않게 매력적인 외형으로 다인들의 마음을 설레게 한다. 단단하면서도 입에 닿았을 때 착 달라붙는 느낌의 경덕진 다완, 밤하늘의 별빛이 수놓은 것 같은 푸젠의 건잔建盞, 고혹적인 매력을 자랑하는 청자 다완, 단아한 백자 다완 등 어느 것 하나 쉬이 지나칠 것이 없다.

동아시아의 차 문화를 연대기로 소개한 『차의 시간을 걷다』(김세리 · 조미라 지음)에는 다완의 역사가 시대순으로 설명되어 있다. 다완의 황금기를 연 당대 이전에는 금과 은, 실크로드 건

너편에서 온 유리잔 등을 다완으로 사용했다.

당대에 와서 다완의 수요가 폭발적으로 늘어나면서 본격적인 도자기의 시대가 열렸다. 이때 중국 남방은 저장성의 월주요越州窯에서 나는 청자가 유명했고 북방은 형주요邢州窯의 백자가 이름을 날렸다. 중국의 문화가 가장 꽃피웠던 송대에는 지금까지도 스테디셀러로 사랑을 받고 있는 경덕진 다완이 등장한다.

실크로드를 통해 들어온 코발트 안료를 사용해 제작한 경덕진 청화백자青華白磁는 지금도 도자기의 대명사로 불린다. 현대 중국인들도 경덕진의 다완을 즐겨 사용할 정도로 인기가 높다. 지금은 유럽과 일본 도자기 회사에 밀려 명성이 예전만 못하지만, 그래도 다완 만큼은 여전히 경덕진의 것을 최고로 치고 싶다. 나도 경덕진 다완을 두 개 가지고 있다. 청화백자는 아니고 고온으로 소성한 얇고 단단한 금빛 잔이다. 사슴 문양과 학 문양이 각각 새겨진 경덕진의 다완을 보고 있으면 한 폭의 수묵화를 보는 것처럼 마음이 편안해진다.

한국에 돌아와서 즐겨 사용하는 다완은 전북 전주 장자요의 백자 다완과 경북 문경 황담요의 자색 다완이다. 두 잔 모두 손에 착 감기는 그립감이 좋고 고혹적인 색도 신비롭게 느껴진

다완茶椀의 묘미를 느껴볼 차례군요

다. 내가 한 번에 마시는 차의 양에 딱 맞는 장자요의 백자 다완이 한국에서 사용한 것 중에는 가장 마음에 든다. 연꽃잎처럼 벌어진 모양의 황담요의 자색 다완은 마실 때 향을 코로 올려줘 향이 좋은 차를 마실 때 주로 사용한다. 집에서 쓰는 허달재 화백님의 다완도 혼자 고요하게 차를 즐길 때 사용하는 맛이 있다.

어떤 다완을 쓰느냐는 개인 취향의 문제다. 중국의 다완이어도 좋고 한국의 다완이어도 좋다. 혹은 유럽과 일본의 자기여도 괜찮다. 초보 다인에게 추천하고 싶은 것은 다완은 다구 중 그나마 가격이 비싸지 않은 편에 속하기 때문에 여러 개를 갖춰 기분에 따라 달리 마셔 보라는 것이다. 같은 차를 같은 차호에 우려도 따라 마시는 다완을 바꾸면 차판의 분위기가 달라진다. 그 묘미를 알면 어느새 차관에 진열된 다완 앞을 서성이는 자신을 발견하게 될 것이다.

한국에 돌아와 아직 짐을 풀지 않았을 때다. 찬 겨울밤 환기를 시킬 겸 베란다 창을 열었다. 맑은 밤하늘에 별들이 빼곡히 수를 놓고 있었다. 문득 중국 친구가 선물한 건잔 두 개가 떠올랐다. 단단한 케이스에 곱게 싸서 짐 깊숙이 넣어둔 건잔 두 개. 조심히 꺼내 물로 헹궈 차를 우려 따랐다. 친구의 얼굴이 떠오르고 친구와 함께 차를 마시던 그때 그 장소와 공기, 말소리, 기분도 함께 떠올랐다. 산둥성 웨이하이에서 상하이로 전출을 갔던 그이는 베이징에 일을 보러 올 때면 푸젠성에서 건잔을 구해 들고 왔다. 잔이 두 개인 걸 보니 상하이에 간 뒤로 두 번 날 찾아온 것 같다.

"형, 이 잔이 남쪽에서 유명한 겁니다. 볼 때마다 차 좋아하는 형 생각이 나서 사게 되네요."

다정한 말과 함께 다완을 건네주던 그 친구의 얼굴이 그날 따라 유달리 선명하게 머릿속에 떠올랐다.

다완茶碗의 묘미를 느껴볼 차례군요

고급 보이차普洱茶는 정말 맛있을까?

차 생활을 하다 보면 가끔 고급차를 만날 때가 있다. 중국에서 생활할 때는 공산당 간부나 중국 기업인과의 저녁 식사 자리에서 그들이 들고나오는 차가 그러했다. 가끔은 평소에 함께 차를 즐기던 차우들이 지인에게 선물을 받았다며 고급차를 쪼개 나눠주기도 했다.

중국에서 저녁 자리에서 마시고는 '맛있다!' 하고 느꼈던 차 중에는 '노반장'이 있었다. 노반장은 '보이차의 왕'이라고 불릴 정도로 유명한 차다. 지체 높으신 어느 중국 관리가 들고나와

123

맛을 보게 됐는데 정말 여태껏 먹은 생차 중에서 가장 맛이 좋았다. 오래전이라 맛이 온전히 기억에 남아 있지는 않지만 지금도 기억나는 것은 거의 30분 뒤에 회감이 올라왔다는 점과 강한 첫맛 이후에 잔향과 맛이 길게 유지됐다는 점이다. 그 외에도 고급차인 '동경호 복원차'와 '이무 노차' 등도 마셔 보았다.

이 차들도 모두 노차老茶답게 견고한 맛과 탄탄한 바디감을 자랑했다. 특히나 이무 노차는 노차답지 않게 화사한 꽃향과 꿀 향이 매력적이었다는 기억이 난다.

이처럼 고급차로 분류되는 차들은 대체로 준수한 맛을 낸다. 물론 진짜를 만났을 경우에 한정되지만 말이다. 실제로 노반장 생차라고 중국 지인이 선물한 차를 받았다가 한 번 우린 뒤 모두 버린 적이 있다. 고급차를 선물 받아도 제대로 구분할 수 있는 능력이 없다면 속기 일쑤인 이유가 여기에 있다. 중국에 2000년대 초반 보이차 붐이 불면서 보이차 가격은 천정부지로 치솟았다. 그러면서 여기저기 가짜 차들이 생겨났고, 그렇게 만들어진 차들은 아직도 시장에 돌아다닌다.

『처음 읽는 보이차 경제사』에서 신정현 작가는 신중국 건립 후 1956년부터는 사유재산 몰수 정책에 따라 개인 차창은 이미 사라졌다고 썼다. 그러나 아직도 중국 인터넷 쇼핑몰에는 1960~70년대 호급차号级茶가 버젓이 돌아다니고 있다. 이런 간단한 지식만 알고 있다면 가짜 차에 속는 일이 없을 텐데 중국인이든 외국인이든 아직도 이런 얄팍한 사기 행각에 놀아나는 사람들이 많다.

다시 이번 글의 주제로 돌아가 '고급 보이차는 정말 맛이 있을까?' 하는 질문을 스스로 던져봤다. 사실 고급 보이차는 상품이 진품이고 보관이 제대로 됐다면 우려내는 사람이 생초보라고 해도 정말 맛이 좋다. 다만 진짜 차를 구하기 어렵다는 점과 진위를 구분할 수 있는 경험치가 없다면 고급차를 제대로 맛보기가 엄청 어렵다는 난제가 늘 상존한다.

한국에 돌아온 뒤, 대익에서 2017년 발매한 마스터 급 보이차인 헌원호轩辕号를 맛볼 기회가 생겼다. 헌원호는 출시 당시 1편에 3,000 위안(약 60만 원)이었지만, 현재는 3만 위안(약 600만 원)을 넘어섰다. 헌원호를 맛볼 기회는 지난달 『차의 시간을 걷다』 『홍차의 거의 모든 것』 등을 쓰신 조미라 선생님의 차회에 초대를 받으면서 찾아왔다. 차회에서는 헌원호를 비롯해 '다즐링 퍼스트 플러시' '7742' '밀운' 등 좋은 차를 많이 맛볼 수 있었다. 차회에 나온 다른 모든 차들도 훌륭했지만 역시 내 입을 사로잡은 것은 헌원호였다. 쓴맛, 단맛, 향, 회감 등 어느 것 하나도 빠지지 않는 균형 잡힌 맛이 특히 좋았다. 역시 자본주의 시장은 냉정하고 차의 가격은 맛에 어느 정도 비례한다는 것이 내 생각이다.

차 생활을 하다 보면 종종 고급차를 만나는 일이 있을 것이다. 그때 확인할 것은 차를 가진 사람이 어떤 사람인지, 차의 주인이 차를 얻게 된 경로가 믿을 만한지다. 그리고 여기에 어떤 선입견이나 환상 없이 고급차를 맛보겠다는 마음가짐을 지녀야 한다. 지금까지의 내 경험과 내가 단련한 감각을 믿고 지금 내 앞에 있는 고급차가 정말 고급차인지 가려내는 것에서부터 고급차의 품차는 시작된다. 만약 이런 게 자신 없다면 차를 잘 아는 주변 사람과 함께 맛보는 것을 추천한다. 그리고 그 차가 고급차가 아니라면 다량을 마시는 것을 삼가야 한다. 현재 보이차 시장은 폭등한 가격 때문에 불신 사회가 된 지 오래이니 다인의 숙명으로 알고 이런 과정을 거쳐야 한다.

그 차가 고급차가 맞다면 꼭 머릿속에 그 맛을 새겨 두길 바란다. 왜냐하면 다음에 또 고급차를 만나게 됐을 때 진위를 판단하는 근거가 될 경험이 그 차에 고스란히 들어 있기 때문이다. 이렇게 쓰고 보니 생각보다 고단하고 어려운 것이 차의 세계 같다.

멍하이勐海에는 왜 좋은 차가 많을까?

　강연과 차회를 준비하면서 여러 차창들에 대해 공부하게 됐다. 그중 가장 신기한 지역이 란창澜沧강 너머(중원 기준) 서쪽에 있는 멍하이勐海(맹해) 지역이었다. 이곳에는 포랑산을 비롯해 하개, 파사, 남나, 맹송, 파달 같은 '신 6대 차산'으로 불리는 지역이 모여 있다. 포랑산에는 노반장 등 명차 산지가 즐비해 있는 것으로도 유명하다. 차 산지를 들여다보며 이런 궁금증이 들었다.

　'란창강을 기준으로 동쪽 편에 있는 산지는 사실상 기운이

쇠하는데 맹해 지역은 왜 날로 위세가 커지는가?'

궁금증이 생기면 일단 알아봐야 하는 것이 인지상정이다. 그래서 역사적인 이유부터 파고 들어가기 시작했다.

중국 왕조를 거슬러 올라가 보면 윈난 지역의 보이차를 한족이 인지하기 시작한 것은 당나라 시기다. 이미 B.C 3,000년부터 윈난에서 보이차가 나기 시작했지만, 그제야 '발견'이 된 셈이다. 아메리카 대륙은 이미 존재하고 있었지만 콜럼버스가 '발견'한 것과 같은 이치다. 당시는 '이것을 어떻게 차라 할 수 있겠나.' 하는 평이 나올 정도로 보이차는 오랑캐 중에서도 소수민족이 마시는 낙후한 차라는 인식이 강했다. 보이차는 시간이 흘러 송, 원, 명 시기를 지나 청에 이르렀을 때야 비로소 공차로서 중원의 주류 문화에 들어오게 된다.

그런데 문제는 한족이 서쪽 지역의 차 무역이 돈이 된다는 것을 알아버렸다는 것이다. 이때부터 윈난 지역의 차 산지에 대한 탄압이 시작됐고 차밭은 피로 물들기 시작했다. 한족은 차를(정확히는 차 무역을) 차지하기 위해 소수민족을 탄압했고, 그 전초 기지를 윈난의 성도인 쿤밍과 푸얼普洱(보이)로 삼았다. 이후 한족의 이주는 이어졌고 그만큼 소수민족에 대한 핍박도 심해졌다. 결국 그들은 반란을 거듭했고, 죽임을 당하거나

차 산지를 포기하고 서쪽으로, 서쪽으로 이주해 갔다.

불행인지 다행인지 한족의 공세는 란창강에서 멈추게 됐는데, 이 란창강 서쪽 너머에 있는 지역이 바로 멍하이다. 멍하이는 한족의 발길이 닿지 않는 곳으로 1907년까지 원주민인 토사가 다스렸다는 기록이 남아 있다. 그만큼 폐쇄적이고 외부의 손길이 닿지 않았다. 일본 강점기, 일본이 아시아 전 지역에서 전쟁을 일으키며 멍하이 지역도 폭격을 피해 갈 수는 없었지만, 그래도 밀림이 우거진 멍하이는 다른 지역에 비해서는 피해가 적은 편이었다. 『삼국지』에 나오는 맹획이 바로 이 지역에 살았던 인물로 추정된다. 사서에 언급되는 것으로 봐 맹획은 이 지역의 세력이 강한 지도자 중 하나였던 것으로 유추해 볼 수 있다.

윈난은 미얀마, 베트남, 라오스 등과 국경선을 맞대고 있으며 숲도 울창하다. 란창강은 멍하이를 위한 천혜의 요새가 되어 줬고, 이 덕분에 신 6대 차산이라고 하는 명차 산지를 전쟁과 한족의 핍박으로부터 지켜낼 수 있게 된 것이다.

보이차의 역사를 들여다보면서 느낀 것은 이 지역 차의 역사는 피로 쓴 역사라는 것이다. 차를 마실 때 이런 역사적 사실을 기억하며 지금의 우리가 맛있는 차를 마실 수 있도록 피 흘려 쓰러져 간 그들 소수민족의 희생을 기억해 보는 것도 좋겠다.

3장

계절은 깊어가고 차는 그윽합니다

봄의 서호용정西湖龍井

신록을 갈아넣은 듯 압도적인 향

차를 마시면 좋은 점이 있다. 계절이 바뀌는 것을 자연스레 느낀다는 점이다. 다인들은 누가 시키지 않아도 자기 손에 들어온 차를 차우들과 나눠 마신다.

차를 나누는 데는 여러 이유가 있지만, 보이차를 제외한 차들이 유통기한이 짧은 탓도 있을 것이다. 녹차와 홍차는 1년이 지나면 제맛을 내지 못한다. 제아무리 차를 많이 마시는 사람이라도 500g의 녹차와 홍차를 1년 안에 마시기에는 무리가 있다. 다인들은 두 가지 차만 마시는 게 아니기 때문이다. 이런 이유로 차 나눔은 자연스럽게 이루어진다. 꼭 유통기한의 문제를 떠나서라도 차 생활은 기본적으로 나눔에 바탕을 두고 있기 때문에 차를 나눠 마시는 일은 일상적이라고 보면 된다.

차를 처음 배울 때 차우들의 도움을 받지 않는 사람은 없다. 처음에는 혼자서 차 생활을 시작했다고 하더라도 시간이 지나면 어떤 방식으로든 남의 도움을 받게 되어 있다. 자신이 차를 마신다는 것을 숨기지만 않는다면 말이다. 그래서 다인들은 좋은 차를 구하면 차우를 만나는 자리에 가지고 나가 차를 나눈다. 아직 그런 경험이 없다면 어쩌면 좋은 차우를 만나지 못한 것일 수도 있다. 아무튼 다인들은 좋은 차를 나누는 것을 미덕으로 여긴다.

다인들은 선물로 들어오는 차를 보며 계절의 변화를 느낀다. 반대로 자신이 누군가에게 선물할 차를 포장하면서 계절이 변했다는 것을 감각하기도 한다.

사계절 중 봄은 차 나눔이 시작되는 절기다. 여기저기서 봄차가 들어오기 시작하면 다인에게도 비로소 봄이 온 것이다. 이 계절에 나오는 녹차는 아주 귀하고 맛과 향이 좋다. 다른 차도 봄차가 좋긴 하지만 봄은 녹차의 계절이라고 해도 과언이 아니다.

봄을 여는 대표적인 차는 서호용정西湖龍井(시후룽징)이다. 서호용정은 중국 항저우杭州 명소인 시후西湖 일대 산에서 나는 차를 통칭하는 것으로 사봉獅峰, 옹가산翁家山, 호포천虎跑泉, 매가오梅家坞, 운서云栖, 영음사靈陰寺 일대가 주요 산지이자 각각이 차의 이름이기도 하다. 이름이 꽤 어려우니 꼭 외울 필요는 없다. 그냥 서호용정이라는 차 이름만 기억하면 된다.

서호용정을 우리고 있노라면 봄이 왔음을 온몸으로 느낀다. 연한 봄볕이 다구를 어루만지는 시간. 찻물에 비치는 봄 햇빛이 찬란하며, 파릇파릇한 찻잎은 생기가 넘치고, 봄나물 같은 향긋한 내음이 콧속으로 명주실처럼 선명하게 스민다. 녹차를 봄을 대표하는 차로 꼽는 이유가 여기에 있다. 봄의 서호용정을 표현한 '백차련'의 문장을 소개해 본다.

'院外风荷西子笑, 明前龙井女儿红'
담장 밖 봄바람이 불어오니 연못(서호)의 경치가 서시西施의 미소처럼 아름답고, 청명清明 전에 딴 용정차는 명주名酒 뉘얼홍만큼 귀하다.

봄에 나오는 녹차 중에서 최고로 치는 차는 명전차明前茶다.

봄의 서호용정西湖龍井. 신록을 갈아넣은 듯 압도적인 향

녹차면 녹차지 명전차는 또 무슨 차인가 싶을 수 있다. 명전은 청명절(양력 4월5일 즈음) 전에 딴 차를 가리키는데, 이때 딴 녹차는 다른 때에 딴 것보다 맛과 향이 더욱 뛰어나다. 그러니까 이 문장은 청명절 전에 딴 용정차를 형용한 것이다. 앞의 문장처럼 용정차는 중국 4대 미녀인 서시에 비유할 만큼 뛰어난 환경과 샤오싱紹興의 명주인 뉘얼훙女儿红에 견줄 만한 맛을 지닌 명차 중의 명차다. 요즘 비유로 하자면, 오드리 햅번의 미소처럼 아름다운 곳에서 수확한 차가 로마네 콩티Romanée-Conti만큼 좋은 맛을 지니고 있다고 말하고 있는 것이다. 내 모자란 필력으로 아무리 설명해봐야 작가의 의도를 제대로 전달하지 못하니 아쉬울 따름이다. 하지만 한번 서호용정을 마셔 본다면 작가의 심정을 정확히 이해할 수 있을 것이다.

차를 마시는 사람이라면 서호용정을 한 번쯤은 마셔 보았을 것이다. 내게 녹차 가운데 최고가 무엇이냐고 묻는다면 주저 없이 서호용정이라고 답할 것이다. 차를 잘 모르는 사람이라도 '용정차'라는 말은 들어보았을 것이다. 그 정도로 명성이 자자하다.

서호용정은 중국에서 1959년부터 '10대 명차'를 선정한 이래 단 한 번도 그 이름이 빠진 적이 없을 정도로 훌륭한 차다. 10대 명차의 선정 기준은 '6대 다류'라 불리는 모든 차를 대상으로 한다. 따라서 날고 긴다는 차가 즐비한 중국에서도 10대 명차에 들어가는 것 자체가 대단한 일이다.

서호용정이 유명한 이유야 당연히 맛과 향이 좋아서겠지만, 아무래도 어떤 상품의 인기가 높아진 데는 그 배후에 그 명성을 널리 알린 셀럽celebrity이 있기 마련이다. 서호용정을 알린 셀럽은 청나라 성군으로 불리는 건륭황제다.

건륭황제는 치세 기간 동안 수도 베이징을 떠나 남쪽 지역인 강남으로 여섯 차례 순시를 떠났다. 이 중 네 번이나 서호용정을 마시기 위해 용정 지역을 방문했다고 하니 용정차에 대한 그의 애정이 남달랐음을 알 수 있다. '황제가 사랑한 차!' 이보다 더 사람들의 마음을 끄는 매력적이고 강력한 타이틀이 어디 있을까.

건륭황제는 여기서 한발 더 나아가 호공묘胡公廟라는 절 앞에서 처음 서호용정을 마신 뒤 절 앞에 있는 18그루의 차나무를 어차御茶로 지정하고 봉했을 정도로 서호용정에 대한 애정이 각별했다고 한다.

서호용정이 나는 항저우는 온난하고 비가 많이 내리며, 일조량이 많고 토양이 비옥하다. 또 배수가 좋은 토양 환경을 지니고 있다. 이 지역의 평균 기온은 섭씨 16도, 연 강수량은

봄의 서호용정西湖龍井, 신록을 갈아넣은 듯 압도적인 향

1,500mm 안팎이다. 흔히 말하는 천혜의 자연 환경을 지닌 곳이 바로 항저우다.

우룽차로 유명한 우이산이나 대만 아리산阿里山처럼 운무가 많이 끼고 지대가 높은 고산 지역의 척박한 환경에서 자라는 차나무는 깊은 맛을 내는 찻잎을 틔운다. 반면 강남의 온난하고 온화한 기후 속에서 자라는 서호용정은 샘솟는 봄의 기운을 그대로 받은 덕에 오케스트라처럼 조화롭고 부드럽고 그윽한 맛과 향을 낸다.

강남의 온난한 기후 덕에 서호용정의 싹과 찻잎은 계속해 발아하는데, 그래서 채집 기간도 길다. 앞서 말한 대로 서호용정은 청명절 전에 딴 것을 가장 상급 차로 친다. 서호용정의 등급은 총 6등급이 있는데 특급, 1급, 2급, 3급, 4급, 5급으로 나뉜다. 특급은 1아1옆(싹+첫 잎), 1급은 1아2옆(싹+첫 번째, 두 번째 잎)…… 이런 식으로 싹을 기준으로 거친 잎이 들어갈수록 등급이 점점 떨어진다.

가끔 도매시장이나 차를 파는 상점에 가면 서호용정이라고 당당하게 써 붙인 차를 단돈 1만 원도 안 되는 가격에 파는 광경을 보게 된다. 이때 "와, 서호용정이 이렇게 싸다니!" 하고 차를 덥석 산다면 그는 아직 차에 관해서는 하수다. 아마도 그 차는 서호용정이라는 이름을 붙이긴 했지만, 5등급 이상이거나 다른 찻잎을 섞었을 가능성이 크다.

청명절 전에 따는 명전차는 500g에 60만 원 또는 그 이상에 팔릴 정도로 고가다. 하지만 채엽부터 덖기까지 모든 과정이 수작업으로 이뤄지는 데다가, 한 번 사면 일 년 내내 즐길 수 있기 때문에 한편으로 생각하면 그렇게 비싼 가격은 아니다. 만약 차 가격이 부담된다면 차우들과 함께 구매해 차를 나누는 것도 좋은 방법이다. 어쨌든 이렇게라도 한 번쯤은 구입해 마셔볼 만한 차다.

서호용정은 1,200년의 유구한 역사를 가진 차다. 중국에서는 서호용정이 『다경茶經』을 집필한 육우陸羽가 살던 당대에 등장해, 송대에 이름을 알리고, 원대에 소문이 나기 시작했으며, 명대에 더 널리 알려졌고, 청대에 와서 명성을 얻었다고 한다. 지금이야 고급차의 대명사로 일컬어지지만 처음에는 용정에 사는 주민들의 식후 음료로 쓰였다고 하니 건륭황제의 홍보 효과를 톡톡히 본 셈이다.

이는 우리나라 하동 차와도 비슷하다. 하동의 야생차는 그 지역 주민들이 오래전부터 봄마다 물처럼 마셨다고 하지만 지금은 한국의 차 중에서도 가장 고급차로 꼽히지 않는가. 이는 아마도 녹차의 특성 상 찻잎이 특정 시기에 쏟아져 나오니 가

봄의 서호용정西湖龍井. 신록을 갈아넣은 듯 압도적인 향

능한 일이 아니었나 싶다.

　내가 마셨던 서호용정 중 가장 기억에 남는 것은 차 애호가
인 한 지인분이 직접 용정에 가서 사 온 것이다. 중국의 유명세
있는 물건 대부분이 그렇듯 서호용정도 가짜가 많다. 그래서
진짜 용정차를 마시려면 현지에서 직접 구매하는 것이 가장 확
실한 방법이다.
　내가 마신 차는 용정차 중에서도 최고로 치는 차는 사봉獅峰
의 차밭에서 건너온 차였다. 이 지인분은 진짜 용정차를 사고
싶어 사봉에 사는 할머니가 찻잎을 따고, 차를 만드는 것을 옆
에서 지키고 서 있다가 제다가 끝나자마자 차를 사서 포장해
왔다.

　맛을 소개하자면 대략 이러하다.
　차를 우릴 때부터 향미로 밥을 지을 때처럼 아주 고소한 향
이 올라온다.
　직접 마셔본다. 입 속에 청량감이 느껴질 정도로 맑은 느낌
이 퍼져 간다. 녹차임에도 쓴맛이 거의 느껴지지 않는다. 물론
차는 우리는 스킬에 따라 맛이 좌우되고 그 지인분은 고수이니
분명 잘 우려냈을 것이다.

고소한 향이 가실 때쯤 올라오는 싱그러운 봄 내음은 여태껏 내가 마셔본 녹차에서는 절대 느껴보지 못한 압도적인 향이었다. 마치 신록을 갈아 넣은 것 같은 향과 맛이 마시는 순간 머릿속을 시원하게 해주었다.

서호용정은 잎에서 약간 노란 빛이 난다. 찻잎이 노란색을 띠는 이유는 차를 태우듯 바싹 덖기 때문이다. 차에서 밥 지을 때 나는 구수한 향이 나는 이유가 바로 여기에 있다.

재미있는 사실은 한국에서 가장 유명한(?) '현미녹차'가 이 서호용정의 맛을 카피한 차라는 사실. 고소한 맛을 재현하기 위해 곡물인 현미를 첨가한 것이다. 현미녹차와 진짜 서호용정의 차이는 미슐랭급 식당의 원물만 쓴 감칠맛과 MSG의 감칠맛 차이라고 생각하면 이해가 쉬울 지도 모르겠다.

아무리 차를 모르는 사람도 서호용정을 우려 주면 "정말 맛있다"는 말을 연발한다. 이 글을 쓰다 보니 구수하고 향긋하고 파릇파릇한 서호용정이 떠올라 입에 침이 고인다. 올봄에는 중국 차우들에게 기별을 넣어 명전에 난 서호용정을 구해 마셔야겠다.

서호용정의 그윽한 향과 함께 다인의 첫 절기인 봄은 시작된다.

봄의 서호용정西湖龍井. 신록을 갈아넣은 듯 압도적인 향

입 속에서 화사하게 번지는 짙은 과일 향

벽라춘碧螺春

녹차 중 서호용정만큼 뛰어난 차를 꼽으라면 중국 10대 명차 중 하나인 벽라춘碧螺春(비뤄춘)이다. 1,000년의 역사를 자랑하는 벽라춘은 서호용정만큼 구수한 맛을 내지는 않지만, 차의 기운만 따지고 보면 서호용정보다 훨씬 봄차스럽다. 이유는 벽라춘이 자라는 환경 때문이다.

벽라춘은 차나무 사이사이에 과일나무를 심어서 재배한다. 그래서인지 찻잎에서 과일 향이 은은하게 나는데, 이것이 바로 벽라춘의 시그니처Signature다. 차나무와 과실나무가 교차해 심어진 차밭은 상상만으로도 마음이 설렌다. 차를 덖고 건조할 때도 과일나무 장작을 써서 과일 향을 배가시킨다고 한다.

벽라춘의 산지는 주로 장쑤江蘇성 쑤저우蘇州시 둥팅산洞庭山으로 남방에서 나는 녹차다. 둥팅산은 타이후太湖라는 호수 인근에 있는데 이 타이후는 역시 명차에 속하는 안지백차安吉白茶가 나는 호수다. 그러고 보면 서호용정, 안지백차, 벽라춘 등 3대 녹차가 모두 항저우와 후저우, 쑤저우 등 인근 지방에서 나는 셈이다.

벽라춘의 이름에 '라螺'자가 들어가는 것에도 재미있는 사연이 있다. 벽라춘의 찻잎 모양이 유념 과정에서 고둥처럼 동글동글 말리는데, 그 모양이 꼭 소라를 닮아 한자 '라螺'자가 들어갔다. 펼쳐 놓으면 비췻빛이 감도는 찻잎 때문에 '벽碧'자를 이름자 앞에 서게 했을 것이다.

사실 벽라춘은 이전에는 다른 이름으로 불렸다. 바로 샤샤런샹嚇煞人香이라는 이름인데 '사람을 잡는 향기'라는 뜻을 가지고 있다. 향기가 얼마나 매혹적이길래 사람을 잡을 정도일까. 개인적으로는 팜므파탈적인 의미인 샤샤런샹이 더 마음에 든다. 그만큼 벽라춘은 향이 매력적이다.

벽라춘을 마셔보면 신록의 기운이 은은하게 안에서부터 뿜어져 나오고 향긋한 과일 향이 겉을 감싸고 있다. 서호용정과 비교하면 더 날것의 맛이라고 할까? 정말 사람잡는 향이라는 이름이 무색하지 않게 화려한 향의 향연이 이어진다. 서호용정에 건륭황제가 있다면 벽라춘에는 강희황제가 있다. 남쪽으로 행차한 강희황제가 차를 마시고 그 이름을 듣더니 너무 우아하지 못하다 해 지금의 벽라춘이라는 이름을 붙여 줬다고 한다.

찻잎은 우리기 전엔 싹으로 만든 차 특유의 백호(흰 털)가 보숭보숭하고 고둥처럼 꼬불꼬불 말려 있다. 하지만 다 우리고 나면 일반 녹차처럼 반듯이 펴진다. 말린 잎이 서서히 펴지는 것을 보는 것도 벽라춘을 우리는 또 다른 큰 재미다.

단골 찻집 주인의 설명에 따르면, 단엽(잎 한 장)으로 만든 차가 더 비싸긴 한데 맛과 향은 꽃을 피우듯 싹이 석 장으로 된 것이 더 좋다고 한다. 아무래도 한 장보다는 잎이 석 장인 것이 과일 향이 더 짙게 밸 터이니 그렇지 않을까 싶다.

벽라춘은 춘분부터 곡우까지만 찻잎을 딴다. 봄에만 나기 때문에 매우 귀한 차다. 제조 과정도 귀함을 더 높여 준다. 일단 벽라춘 500g을 만들려면 9만 장의 싹을 따야 한다. 말이 9만 장이지 조그마한 싹을 9만 장이나 따려면 엄청난 노동력이 들어가야 한다.

찻잎을 딴 다음에는 까다로운 제다 과정을 다시 거쳐야 한다. 먼저 190~200도의 솥에 3~5분간 덖어서 살청을 한다. 그러고 난 뒤 70~75도의 솥에서 10분간 찻잎을 70% 정도 건조한다. 그 뒤에 1~2분 정도 찻잎 모양을 고등처럼 꼬불꼬불하게 잡는 유념 과정을 또 거친다. 마지막으로 30~40도의 솥에서 찻잎의 수분을 7% 정도만 남게 완전히 건조하는 초청炒青 과정을 다시 거쳐야 한다. 이 과정을 대략 보기만 해도 숙달된 장인이 아니라면 쉽게 만들지 못할 것임을 짐작할 수 있다.

이 모든 과정이 이루어지는 시간은 40분 정도다. 하지만 40분이라는 짧은 시간 안에 이 복잡한 과정을 능숙하게 진행하려면 엄청난 기술이 필요하다. 그래서일까, 전통적인 초제炒制 방식으로 벽라춘을 만들 수 있는 무형문화재 계승자들의 평균 연령이 50세 이상이라고 한다. 그만큼 제다 과정이 복잡하고 숙달하기 어렵다는 뜻이다.

벽라춘의 가격은 서호용정보다 조금 비싸긴 하지만, 명전차(청명절 전에 딴 차)로 꼭 마셔볼 만한 차다. 벽라춘을 마시면 봄이 어떻게 입 속으로 와서 화사하게 번져가는지 느낄 수 있을 것이다.

싱그러움과 진한 생풀의 맛 그리고 끝의 단맛

태평후괴 太平猴魁

중국에서 차를 마시다 보면 넓은 영토만큼이나 많은 종류의 차를 만나게 된다. 우리가 흔히 아는 명차나 보편적으로 널리 알려진 국화차 같은 차도 있지만, 난생처음 보는 모양의 차도 있다.

이런 차를 만나게 되면 호기심부터 발동한다. 이 차는 어떻게 유래 됐을까? 이 차는 어떤 맛을 지니고 있을까? 궁금해서 얼른 마셔보고 싶어 안절부절못한다. 특히 지방 출장이나 여행을 갔을 때 독특한 차를 선물 받으면 어느새 일은 안중에도 없다. 머릿속에는 온통 어서 일을 끝내고 집으로 돌아가 다구를 펼치고 물을 올리고 싶은 생각뿐이다.

안후이安徽성의 태평후괴太平猴魁(타이핑허우쿠이)를 만났을 때도 딱 이런 감정이 들었다. 태평후괴의 모양을 보자면, 빼죽하면서도 납작하게 생긴 찻잎이 김용의 무협지『의천도룡기』에 나오는 명검인 의천검과 도룡보검을 닮았다. 무협지를 독파한 고수들은 의천검과 도룡보검이 생긴 모양이 판이하게 다를 진데 이는 설정에 오류가 있는 것 아니냐 하고 생각할 수 있겠지만, 이에 대해서는 뒤에서 설명하겠다. 태평후괴의 맛은 청아한 맛이 먼저 나오고 뒤이어 단맛이 끝을 치고 나오는데, 이는 무림 비급을 익힌 고수의 깊은 내공처럼 느껴진다.

무림의 고수 같은 이 차에 대해 좀 더 자세히 이야기를 해보자. 타이핑太平(태평) 현 특산인 태평후괴는 1아2엽의 찻잎으로 만든다. 여러 차례 설명했으니 이제 1아2엽이 무엇인지 대충 가늠이 될 것이다. 1아는 싹을 가리키고 2엽은 첫 번째와 두 번째 잎을 가리킨다. 중국인들은 태평후괴의 1아2엽을 검과 도에 빗대 '2도1검二刀一劍'이라고 멋스럽게 부른다. 이를 풀이하면 '두 개의 도가 하나의 검을 받치고 있다'는 뜻이 된다. 싹을 감싼 두 개의 잎은 투박한 모양의 도룡보검이고, 가느다란 싹은 의천검을 닮았다. 설정에 오류가 있지 않다는 말이 이제 이해가 될 것이다.

　태평후괴는 중국의 많은 차가 그렇듯 원산지인 안후이성 타이핑 현의 지명을 따서 붙인 이름이다. 타이핑 현은 현재 안후이성의 유명 관광지인 황산黄山의 이름을 따 황산시 황산 현으로 바뀌었지만, 차 이름에는 여전히 옛 이름이 남아 있다.

　태평후괴는 마시기 전부터 호기심을 자극하는 차다. 찻잎 모양이 특이하기 때문인데 앞서 묘사한 대로 꼭 무협지에 나오는 명검을 닮았다. 겉모양을 보면 말린 다시마를 축소해 놓은 것처럼 보인다. 이는 찻잎을 살청殺青(차 잎의 산화효소의 활성을 파괴하는 것)하고 건조하는 과정에서 잎을 꽉꽉 눌러 빳빳하게 펴서 검처럼 만들기 때문이다.

　찻잎을 하나 들어 구석구석 뜯어보면 그 모양이 더 잘 보이는데, 1아2엽으로 이뤄진 차는 큰 잎 두 개가 싹 하나를 감싸고 있는 모양이다. 앞서 설명한 의천검을 닮기도 했고 도룡보검을 닮기도 했다는 말이 바로 이 이야기다.

　태평후괴는 널리 알려진 서호용정 같은 녹차와 달리 덖지 않고 찌는 방식으로 증제蒸制를 한다. 그래서 찻잎이 그을리거나 변색되지 않고 녹색을 그대로 유지하고 있다. 태평후괴의

시그니처인 청아한 맛과 유달리 짙은 녹색은 증제를 하기 때문에 나타나는 특징이다.

찻잎을 찌는 증차는 덖는 차보다 손이 많이 간다. 태평후괴만 하더라도 살청을 온도를 달리하며 네 차례에 걸쳐서 한다. 맛은 화기火氣가 더 직접 닿는 덖는 차보다 싱그러운 느낌이 강하고, 생풀의 맛이 더 진하게 난다. 고소한 맛이 나는 서호용정과 비교하면 확연히 차이가 있어 비교하는 재미가 있다. 다만 두 차 모두 끝에는 단맛이 치고 올라오는 회감回甘이 있다.

태평후괴는 1859년 정서우칭郑守庆이 안후이성 마천麻川 천변에 지은 차원茶園에서 처음 만들어졌다. 이 차원은 명차를 만들기 위해 갖춰야 할 요건 중 하나인 좋은 물을 가까이하고 있다. 대신 해발 고도는 100~300미터로 그다지 높은 편은 아니다.

당시 명칭은 생김새 때문인지 태평첨차太平尖茶로 불렸다고 한다. 뾰족한 모양을 따 첨차尖茶라는 이름이 붙었다. 이후 유명해지면서 난징南京, 우한武漢, 양저우揚州 같은 대도시로 퍼져나갔고 중국인들에게 널리 사랑받게 됐다. 정식으로 태평후괴라 불리기 시작한 것은 1900년으로 대략 120년의 역사를 자랑한다.

태평후괴는 항균 작용과 충치를 예방하는 효과가 있고 다이어트에도 효과가 있다고 알려졌다. 하지만 언제나 그렇듯 과학적으로 입증이 되지는 않았다.

　태평후괴는 차를 우리는 맛도 남다르다. 차를 우리다 보면
검 모양 같던 찻잎이 다구에서 기다랗게 풀리면서 미역 줄기나
다시마 같은 모양으로 변한다. 이 모습을 즐기는 것도 하나의
재미다.

　혹여 황산에 놀러 갔다가 태평후괴를 만나면 눈과 코, 입으
로 외형과 향, 맛을 즐기고 태평후괴에 얽힌 이야기도 떠올려
보시기를 바란다.

여름의 백호은침白毫銀針
여름의 묘미 인생의 재미

여름이다. 외출했다가 집에 돌아오면 등줄기를 타고 땀이 주르륵 흐른다. 티셔츠를 적시는 땀이 반가울 때가 있다. 나는 이 순간을 위해 여름이 오기만을 기다렸다.

여름이 당도하면 나는 백호은침白毫銀針 차통을 꺼내 든다. 차통에 써진 연도를 확인하고는 손가락으로 하나, 둘, 셋, 넷…… 하며 햇수를 가늠한다. 이제 7년 째구나. 딱 마시기 좋은 백차가 됐다. 나는 안도한다. 손가락이 하나 부족했으면 어쩔 뻔했는가.

백호은침 차통을 차판 앞으로 가져다 두고 물을 끓인다. 더운 날씨에 뜨거운 차를 마시는 게 곤욕이 아니냐고 생각할 수도 있다. 음, 곤욕은 곤욕이지만 즐거운 곤욕이랄까. 티포트에 물 끓는 소리가 나면 차통에서 백호은침 잎을 꺼낸다. 꺼낼 때부터 올라오는 청량한 향이 코끝을 간지럽힌다. 보송보송한 잔털이 찻잎을 감싸고 있는 모양새가 영락없이 아기 엉덩이 같다. 뾰족한 찻잎을 조심스레 덜어서 색을 살핀다. 작년보다 더 노랗게 익었구나. 맛이 좋을 게 틀림없어. 차를 우리기도 전에 입안은 벌써 침샘에서 나온 침으로 가득하다.

여름에는 왜 백차를 마실까. 백차는 중국 민간에서 널리 마셔온 차로 몸에 열을 내려주는 효과가 있는 것으로 알려져 있다. 실제로 아이들이 몸에 열이 날 때 해열의 용도로 백차를 우려 먹이는 중국인들이 많이 있을 정도로 그 효능을 어느 정도 인정받고 있다.

백차는 보이차나 우롱차같이 제다 과정이 복잡하지 않다. 민간에서도 누구나 쉽게 만들 수 있고 쉽게 마실 수 있는 차다. 그래서 중국에서 백차는 예로부터 '백성들이 마시는 차'로 인식되어 왔다. 백차는 제다 과정이 복잡하지 않기 때문인지 6대 다류 중에서도 가격이 저렴한 편에 속했다. 미세먼지의 존재가 알려지기 전까지는 말이다.

언제부터인가 백차는 몸의 열을 내려주는 것 외에도 몸속의 불순물을 배출해 주는 효과가 있다는 소문이 중국 전역에 돌았다. 아마도 중국에서 미세먼지가 한참 사회 이슈로 떠올랐을 무렵인 듯하다. 우려했던 대로 이런 소문이 돌자 백차 가격이 천정부지로 치솟았다. 아주 싼 값에 먹던 백차를 이제는 10만 원이 훨씬 넘는 가격에 사 먹어야 하니 오랫동안 차를 마셔온 중국 차우들은 백차를 마시지 않겠다고 선언하기도 했다. 마치 학교 앞에서 50원 주고 사 먹던 떡볶이를 프랜차이즈 떡볶이집에서 2만 원에 사 먹어야 하는 심정과 같은 거겠지. 그러거나 말거나 지금도 백차 가격은 매년 꾸준히 오르고 있다.

백차가 인기 있는 이유는 또 있다. 녹차나 홍차와 달리 백차는 오래 묵힐수록 맛이 더해지고 가치도 높아진다. 중국에서 보이차가 인기를 얻던 것과 마찬가지로 백차의 보존성이 부각되자 마구잡이로 사재기에 나서는 현상이 생기기도 했다. 돈이 많은 중국인은 뭔가 사 모으는 것을 즐기는 것 같다. 백차도 그들의 수집 목록 중 한 자리를 차지하게 된 것이다.

중국에서는 백차를 일컬어 이런 말을 한다.

'白茶一年茶三年药七年宝'

이를 풀이해 보면 백차는 '첫해는 아직 차 맛이 익지 않고, 3년 묵으면 약이고, 7년 차에는 보배다'라는 뜻이다. 백차 차통 앞에서 손가락을 헤아리는 이유가 여기에 있다. 3~5년 차 정도의 백차도 맛이 훌륭하지만, 이 표현이 머릿속에 박혀서인지 꼭 7년을 묵혀 먹고 싶은 욕심이 생긴다.

백차의 제다 과정을 보면 왜 백차가 백성의 차인지 알 수 있다. 일반적인 차의 제다 과정은 다음과 같다

> 찻잎 따기 → 시들리기(그늘 또는 햇볕에서 수분 빼기) → 덖기(찻잎을 솥에 굽는 과정) → 비비기(유념 · 찻잎 모양 만들기) → 말리기(건조 과정)

그런데 백차는 이 기본 과정 중 '찻잎 따기 → 시들리기 → 말리기' 세 공정만 거친다. 덖기 과정을 생략하는데, 이 때문에 차를 묵힐수록 차가 더 깊어지는 특징이 생기는 것이다.

덖기 과정이 빠진 것은 덖기가 상당히 수준 높은 공정이라 백성들이 편안하게 마시는 차인 백차에 사용하기는 어려웠기 때문이 아닐까 하고 생각해본다. 재미있는 것은 이런 특성이 오히려 백차의 가치를 높게 만들었다는 점이다. 백차는 제다를

한 첫해에는 녹차만큼 임팩트가 강한 맛을 내지는 못하지만, 오래 묵힐수록 은은한 단맛과 청량함이 깊어지는 차로 변한다.

백차 중에서도 으뜸은 백호은침이다. 중국어로는 '바이하오 인전白毫銀針'이라고 부르는데 한국에서도 인기가 있는 차다.

차는 대체로 싹으로 만들면 값이 나간다. 싹은 채엽하기도 어렵지만, 차로 만들고 나면 중량이 확 줄어든다. 그래서 같은 양이라고 할지라도 싹으로만 만든 차는 값이 더 나가는 경향이 있다.

백호은침은 오로지 싹으로만 만든 백차다. 이름을 보면 그 모양새가 머릿속에 그려진다. '하얀 털로 뒤덮인'(백호) '은색 바늘'(은침)이라는 뜻. 이름만 보면 뭔가 무협지에 나오는 무공 고수 같지만 그 맛은 이름과는 완전히 반대다. 맛은 화사하고 향은 싱그럽기 그지없다. 모양새도 보송보송한 털이 찻잎을 뒤덮고 있어서인지 어딘가 모르게 귀엽다. 호랑이(백호)보다는 배추흰나비처럼 여려 보인다고 하는 게 더 맞을지도 모르겠다.

백호은침은 차호를 선택할 때 자사호나 자기로 된 홍차 티 포트보다는 속이 훤히 비치는 유리 차호로 우리는 것이 좋다. 차를 우려 보면 왜 유리 차호를 써야 하는지 그 이유를 단박에 알 수 있다. 백호은침은 물을 부으면 세로로 반듯하게 서서 차호 안을 둥둥 떠다닌다. 언젠가 〈디스커버리〉 채널에서 본 해마의 모습을 닮은 것 같기도 한데, 그 모습을 한참 들여다보고 있으면 잡념이 사라지면서 머릿속을 비울 수 있다. 불명을 하듯 차명을 하게 되는 것이다.

백호은침을 마시면 이상하게 찻물은 뜨거운데도 몸이 시원해지는 느낌을 받는다. 열을 낮춰준다는 말이 사실인 것 같다. 차를 다 마시고 난 후 차호와 찻잔에 남은 향을 맡으면 은은한 잔향이 올라오면서 더위가 말끔히 가신다.

백호은침은 고작(?) 200년 역사를 가진 젊은 차다. 청나라 가경황제 초기인 1796년 처음 만들어진 것으로 전해지는데, 중국인들은 그 수려한 외관과 화사한 향 때문에 백호은침을 '백차계의 미녀' 혹은 '백차의 여왕'으로 불렀다.

가장 유명한 산지는 푸젠성 푸딩福鼎, 저룽柘榮, 정허政和, 쑹시松溪, 젠양建阳 등이며 특히 푸딩의 백호은침이 유명하다. 1982년 중국 상업부로부터 전국 명차 30종 중 하나로 선정됐으며, 1990년 제2, 3회 전국 명차품평회에서도 명차로 선정됐다. 물론 이름 좀 들어봤다 하는 중국차는 죄다 명차 타이틀을 달고 있으니 이것이 그다지 중요한 것은 아니다.

백호은침은 서호용정 만큼이나 누구나 좋아할 맛을 가지고 있는데, 여름의 별미라고 할 수 있을 정도로 매력 넘치는 차임에는 분명하다.

백호은침을 만드는 과정을 살피다 보면 이 여리디여린 찻잎이 한층 더 사랑스러워 보인다. 최고 등급의 백호은침을 만드는 찻잎은 봄에 처음 딴 싹과 두 번째 딴 싹을 사용한다. 싹의 크기가 2~3cm 크기가 되면 채엽하는데, 봄에 딴 찻잎만 쓰는 이유가 있다. 여름과 가을에 딴 싹은 충분히 살이 오르지 않아 백호은침을 만들기에는 적절치 않기 때문이다.

백차가 제다 과정이 단순하다고는 하지만, 사실 만드는 데는 상당한 내공이 필요하다. 앞서 살이 오르지 않았다는 표현에서 그 답을 찾을 수 있다. 살이 올랐다는 표현은 말 그대로 잎이 통통하게 부풀었다는 것을 말한다. 이게 왜 중요하냐면, 백차는 덖는 과정이 없이 시들리기와 말리기만으로 찻잎의 수분을 조절해야 한다. 찻잎의 수분 함량을 함수율이라고 부르는데 찻잎의 함수율이 10~30% 됐을 때 햇볕에 완전히 말리거나 약한 불에 구워 백차를 완성한다. 이제 왜 살이 통통하게 오른 봄 찻잎으로 최상급 백호은침을 만드는지 이해가 갈 것이다. 시중에는 정말 많은 종류의 백호은침이 돌아다닌다. 이 백호은침들이 모두 이런 과정을 거쳐 만들어졌다면 좋겠지만, 이는 물리적으로 불가능한 일이다.

괜찮은 백호은침을 고르기 위한 팁을 소개하자면, 좋은 백호은침은 찻잎에 윤기가 흐르고 너무 바싹 마르지 않은 것이어야 한다는 것. 처음에는 이를 구분하기가 쉽지 않겠지만 제대로 된 백호은침을 맛본다면 단박에 구분 가능하니 너무 걱정할 필요는 없다.

간만에 에어컨을 *끄고* 창문을 열었다. 투명한 유리 차호에 백호은침을 우려 놓고 쨍쨍하게 내리쬐는 창밖의 해를 보고 있다. 어디선가 후덥지근 바람이 불어와 목덜미를 감싼다. 등에 난 땀으로 티셔츠가 젖었다.

백호은침 한 모금을 머금는다. 입속이 따뜻해진다. 목으로 넘긴다. 찌르르르. 어딘가 시원해지는 느낌이다. 그래 이 맛이지. 무더운 여름날 마시는 백호은침 한잔. 다인에겐 이게 여름의 묘미고 인생의 재미 아닐까. 이 맛을 몰랐다면 약간은 억울했을 거야. 나는 또 이렇게 여름의 어느 하루를 즐기고 있다.

어르신의 정성과 마음으로 빚은 차

푸젠성 야생 백차

　차를 마시다 보면 필연인 듯, 우연인 듯 만나게 되는 명차들이 있다. 흔히 차 마시는 사람들은 차연茶緣이라는 말로 이를 설명한다. 중국에서 다니던 차관 도연당에서 야생 백차를 한번 마시게 됐다. 이 차는 어디서나 쉽게 구하지 못하는 차이기도 하고, 점점 사라져갈 운명을 가진 차이기도 하다. 그래서 해마다 야생 백차가 베이징으로 올라오면 한달음에 달려가 품에 안아 데려온다. 그리고 주변 차우들과 나누며 차회茶會를 즐긴다.

　차 생활을 하다 보면 특별한 사연이 얽힌 차들을 가끔 만나는데, 그 차가 명차이든 아니든 그런 것은 중요하지 않다. 그저 그 차가 나에게 어떤 의미로 다가오는지가 중요할 뿐이다.

이 차는 내가 자주 가는 차관인 도연당 팽주인 실장님의 장인 어르신이 처가가 있는 푸젠성 남쪽 장저우漳州 핑허平和 현에서 만들어 보내 오는 차다. 연로한 장인은 마실 삼아, 소일거리 삼아 푸젠성과 광둥성 경계에 있는 야산을 오르면서 찻잎을 따 봄에 백차를 만든다고 한다.

지난해에는 코로나로 중국 성省간 이동이 막히면서 여름이 다 되어서야 차를 맛볼 수 있었다. 이 백차는 병餅을 빚지 않고 산차로 만든다. 또 잎 자체가 매우 얇고 연해서 쉽게 바스러지기 때문에 인편으로 밖에 운송이 안 된다. 그래서 해마다 봄철이면 아버님을 뵈러 가는 실장님 아내 분께서 직접 공수해 온다. 지난 몇 년간은 코로나 때문에 발이 묶여 차를 가져오는 시기가 조금씩 늦어졌다.

이 야생 백차의 특징은 한 잎 한 잎 직접 손으로 야생 백아기란白芽奇兰(바이야치란) 차나무 잎을 따서 만들었다는 점이다. 야생 백차 나무에서 잎을 따야하기 때문에 정성이 남다르게 들어간다. 이런 정성 때문일까. 차를 우리면 탕색이 맑고, 여린 잎으로 만들었음에도 내포성이 뛰어나 여러 차례 우려도 계속해서 좋은 차가 우러난다. 무엇보다 그 유니크함이 다른 차에 비할 바 못 된다.

재작년에는 15근(1근은 500g)이 푸젠성에서 올라왔는데 작년에는 차양이 10근도 채 되지 못했다. 찾는 사람에 비해 수량이 매해 줄기도 하고, 맛은 또 매해 좋아지는 것 같아 차를 구하려는 차우들 간의 경쟁도 치열하다. 차관에서 단골들 위주로 차를 배정해주는 데 지난해 내가 받은 양은 1근이었다. 1근 가격은 재작년보다 오른 1,500위안, 한국 돈으로는 30만 원이다. 물론 오래된 백차는 훨씬 비싸게 팔리기도 하지만 산차인 백차가 이 정도 가격이면 상당히 값이 높은 편이라고 할 수 있다. 물론, 여든 다 돼가는 어르신의 정성과 어디서도 맛볼 수 없는 독특한 맛을 생각하면 나는 기꺼이 더 비싼 값도 치를 용의가 있다. 이런 것이 바로 차연이다.

나는 평소 비싼 차를 그다지 즐기지도 잘 사지도 않는다. 내가 마시는 비싼 차 대부분은 중국 친구들이 선물한 차이거나 지인들이 짐 정리를 하면서 주고 간 차다. 그런데 이 야생 백차만큼은 어르신의 건강 상태에 따라 매해 생산량이 줄기 때문에 더 마음이 쓰인다. 그리고 언제 다시 맛볼지 모르기 때문에 꼭 사려고 노력한다.

어르신의 제조법을 보면 이 차에 대한 애정이 더 솟아난다. 어르신은 산에서 직접 딴 찻잎을 아침에 해가 들 때 잎을 겹치지 않게 널어서 말리고, 한낮에는 다시 찻잎을 거둬서 그늘에 말린다. 그리고 오후 3시쯤이 되면 다시 지는 해를 쬐면서 말린다. 연로한 몸으로 품이 이렇게 많이 들어가는 차를 어찌 그렇게 잘 만드시는지 신기할 따름이다. 아마도 평생 해온 일이라 가능하지 싶다.

차 맛을 보면 그 정성을 그대로 느낄 수 있다. 첫 향은 꽃내음이 진하게 나면서 코를 자극하고, 잠시 뒤 입 안에 과실 향이 확하고 퍼진다. 끝맛은 기분 좋은 쌉쌀한 맛이 올라오며 입 안은 텁텁하지 않고 상쾌하다. 무엇보다 차를 마시고 나서 한참 뒤 올라오는 회감은 다른 백차에서는 쉽게 느껴보지 못하는 맛이다. 기본적으로 고수차 잎을 따서 만들기 때문에 백차인데도 8번 이상 우려도 탕색과 맛이 유지된다.

내 인생에 최고의 차를 다섯 가지만 꼽아야 하는 날이 온다면 아마도 우연히 내게 온 이 푸젠성 야생 백차를 손가락으로 꼽을 것 같다.

백차처럼 청아하고 우롱차처럼 맑은

월광백月光白

윈난하면 보이차라는 공식이 있다. 그렇다고 윈난에서 보이차만 나는 것은 아니다. 윈난에서 나는 홍차는 전홍滇红(뎬홍)이라는 이름으로 불리며 홍차 중에서도 상당히 맛이 좋기로 유명하다. 아마도 전홍까지는 많이들 알고 있을 테지만, 지금 소개하는 윈난의 백차 월광백月光白(웨광바이)도 꼭 기억해 두자.

월광백은 그 이름에서 알 수 있듯 윈난에서 나는 대엽종 찻잎을 백차 제다 방식으로 만든 차다. 처음 월광백을 마셨을 때 자주 다니던 차관의 단톡방에 작은 소란이 일었다. 월광백을 처음 마시고 이게 무슨 차인가 싶어 차병茶甁 사진을 단톡방에 올렸는데, 차병 포장지에 씌어 있는 '보이차'라는 단어 때문에 약간의 소란이 생긴 것이다. 누군진 몰라도 이 차의 포장지를 만든 중국인은 '윈난 하면 보이차'라는 선입견을 가지고 있었던 게 틀림없다. 그게 아니라면 값비싼 보이차의 이름을 빌려 월광백을 팔고 싶은 욕심이 있었는지도 모르겠다. 딱 봐도 보이차의 차병과는 다르게 생긴 모양새인데 씌어져 있는 글자는 보이차였기 때문에 차우들은 모두 당황했다. 한참 동안 우리끼리 논의했지만 고만고만한 수준의 우리들로서는 답을 찾기가 어려웠다. 후에 차 선생님 J 선배가 '월광백은 윈난산 찻잎으로 만든 백차다'라는 명쾌한 정의를 내려주면서 비로소 소란은 가라앉았다.

뒤에 중국 포털사이트 〈바이두〉에서 찾아보니 월광백에 대해 헷갈리는 것이 비단 우리 같은 외국인뿐만이 아니었다. 인터넷상에서 중국인들도 이 정체성이 혼란스러운 차를 뭐라고 부를지 갑론을박을 펼치고 있었다. 문제는 중국 내 많은 월광백이 '보이차'라는 표기를 달고 유통되고 있기 때문에 아직도 월광백이 보이차라고 생각하는 사람이 많다는 것이다.

월광백은 이름 그대로 달빛에 말리는 차를 가리킨다. 실제로 달빛에 말리는 건 아니고, 햇볕 아래가 아닌 응달에서 말린다. 그러니까 보이차의 특징인 쇄청(햇볕에 모차를 말리는 과정)을 거치지 않는다는 것이다. 이 때문에 월광백은 '윈난 백차'로 정의하는 것이 맞다.

헷갈릴 사람들을 위해 중국 정부에서 정한 보이차의 정의를 소개해 본다.

1. 윈난에서 난 찻잎으로 만들어야 한다.
2. 윈난 대엽종으로 만들어야 한다.
3. 햇빛에 말린 모차(쇄청모차)를 사용해야 한다.

이에 따르면, 월광백은 1번과 2번은 충족하지만 3번 기준에는 어긋나기 때문에 보이차로 정의하는 것은 틀린 말이다. 그리고 월광백의 찻잎은 누가 보아도 보이차라고 볼 수 없다. 월광백은 검은색 잎과 흰색 잎, 간간이 갈색 잎이 섞여 있다. 이는 보통의 보이차와는 상당히 다른 외관이다.

월광백의 주산지는 쓰마오思茅지역이다. 가장 유명한 산지는 윈난 보이차의 명산지인 징마이산景迈山이다. 제다법은 푸젠성

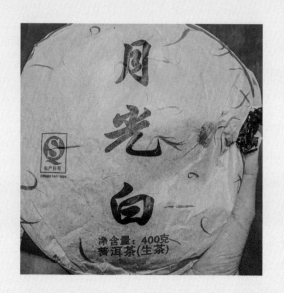

백차와 비슷하지만, 시들리기 과정에서 가볍게 발효를 하는 것이 특징이다. 그래서 맛이 백차처럼 청아하고 꿀 향이 나기도 하지만 우롱차처럼 맑은 향과 보이차의 농후한 맛도 곁들여져 있다.

월광백은 보이차를 마시기에는 조금 날이 덥거나, 밤에 분위기를 잡고 싶을 때 마시기 좋은 차다. 은은한 향이 분위기를 한껏 높여 준다. 가끔 기분 전환이 필요한 날 원난 백차인 월광백을 마셔보기를 추천한다.

초가을의 대홍포大红袍

운무 가득한 숲속을 걷듯

무더운 여름도 어느새 지나갔다. 공기의 감촉도 많이 바뀌었다. 밤이면 스산한 한기가 느껴질 때도 있다. 계절은 어떻게 오고 가야 할 때를 잘 알고 있는 것일까? 우리 인생도 오고 가야 할 때를 잘 알았으면 좋겠다. 그것만 잘 하더라도 삶의 실수를 많이 줄일 수 있을 텐데 말이다.

가을이 되면 어떤 이들은 단풍을 떠올리고 어떤 이들은 따뜻한 우동 한 그릇을 떠올릴 수도 있겠지만 나는 자연스레 대홍포大红袍(다홍파오) 한잔이 생각난다. 내게 가을은 낙엽의 계절이 아니라 짙은 암운巖韻(바위의 기운이라고 불리는 우롱차 특유의 맛과 향)이 그리운 계절이다.

우롱차 한 잔을 우리면 방 안 가득 암갈색 향이 깔린다. 눈을 감고 그 내음을 맡고 있노라면 운무가 짙은 숲 속을 걷고 있는 것만 같다. 여기에 재즈라도 한 곡 틀어 두면 가을을 맞을 준비가 끝난다.

차를 마시고 난 뒤로 내게 가을은 우롱차와 함께 맞이하는 계절이 됐다. 반발효차인 대홍포는 여름과 겨울 사이, 그러니까 백차와 보이차 사이에 잠입한 가을의 쌀쌀함을 채워주기 제격이다.

대홍포는 '우롱차의 왕'으로 불린다. 중국에서 난다 긴다 하는 것은 죄다 '왕'자가 붙어서 식상할 수도 있지만 대홍포의 기원을 들으면 고개를 끄덕일만 하다.

대홍포가 민간에 처음 알려진 것은 1385년 명대 홍무제 때다. 정확한 연도가 거론되는 것으로 봐서는 허명은 아니고 제법 그럴싸한 설이 아닌가 싶다. 이 설에 따르면, 과거를 보기 위해 베이징으로 향하던 한 유생이 푸젠성 우이암산을 지나고 있었다. 고된 과거 길에 탈이 났는지 이 유생은 병으로 앓아 누웠다. 마침 인근 사찰인 천심영락사의 한 스님을 만났고, 이 스님이 가지고 있던 찻잎을 우려 먹이자 병이 나았다. 뻔한 스토

리지만 이 유생은 장원급제했고 황제가 장원에게 하사하는 홍포를 고마움의 뜻으로 우이암산의 차나무에 걸쳐 줬다.

이야기가 여기서 끝나면 시시하다. 급제 후 조정에 들어간 이 유생은 혁혁한 공을 세우게 된다. 황후가 큰 병에 걸렸는데 황실의 모든 어의가 나서 치료를 해보지만 백약이 무효했다. 장원은 우이암산에서 마셨던 차를 떠올리고는 사람을 보내 찻잎을 가져오도록 했다. 황후는 우이암산 구룡굴 인근에서 자란 차나무의 찻잎으로 만든 차를 마시고 병이 나았고, 황제는 이 차나무에 황제의 상징인 붉은 홍포를 내렸다.

이후부터 이 나무에서 나는 찻잎으로 만든 차는 매년 조정에 공차로 바쳐졌고 그 명성이 온 천하에 자자해졌다. 이때부터 사람들은 우이암산 절벽에서 자란 차나무 찻잎으로 만든 차를 '대홍포'라 불렀다. 뭔가 팩트와 픽션이 적절히 섞인 것 같은 기원설이다. 이 설화가 마케팅 상술이든 역사적 근거가 있는 사실이든, 어쨌든 중요한 것은 대홍포가 맛있다는 것이다.

명대에 명성을 얻었지만, 사실 우이암산 인근의 차나무는 당나라 때부터 차로 만들었고 송대에 이미 그 이름이 널리 알려져 황실에 공차로 바쳐졌다. 새로운 왕조가 들어설 때마다 공차로 바쳐졌을 만큼 우이암산의 차는 이미 그 명성과 역사와 전통을 자랑하고 있었다.

전설로만 전해 내려오는 우이암산의 대홍포 나무를 찾기 위해 중국 정부는 지리 조사를 펼치기도 했다. 각종 조사를 거쳐 중국 정부는 우이암산 구룡굴 근처에서 네 그루의 대홍포 나무를 찾아냈다. 이 나무들은 수령이 천 년 이상 가는 것들로, 나무가 자라고 있는 주위 환경을 보면 왜 그렇게 대홍포가 값이 나가고 유명한지 알 수 있다. 원조 대홍포의 차나무가 자라는 절벽은 일조량이 짧고 일교차가 크며 바위 꼭대기에는 일 년 내내 마르지 않는 샘이 흐른다. 언뜻 그림이 그려지지 않는다면 무협지나 영화 〈아바타〉에 나오는 기암절벽을 떠올리면 된다. 이 특수한 자연환경은 차맛에 암운을 입히고 깊은 맛을 낸다.

최상급의 대홍포는 아홉 번을 우려도 차가 우러날 정도로 내포성이 좋으며, 맛과 향도 다른 차와 비할 수 없이 깊다. 2006년부터 중국 정부는 대홍포의 모목母木에서는 찻잎을 채엽하지 못하도록 했고, 마지막에 채취한 찻잎으로 만든 대홍포를 고궁박물관에 보관했다. 현재는 모목 인근 여섯 그루의 나무에서 찻잎을 따 최상급 대홍포를 만든다. 이마저도 국가에서 직접 관리를 해서 대중이 맛을 보기는 어렵다.

여섯 그루의 나무에서 한 해 동안 나는 찻잎은 1kg 남짓이다. 이 찻잎은 매년 경매를 통해 일부가 판매되는 데 20g에 3

천만 원을 호가한다고 하니 구하기도 어려울뿐더러 만약 구했다 하더라도 진짜인지 가짜인지 알 길도 없다. 아마도 이번 생에는 마시기가 어려워 보인다. "어? 나는 중국 친구가 준 대홍포를 마신 적이 있는데." 하고 말하는 사람이 있다면 그가 마신 대홍포와 여기에서 말하는 대홍포는 엄연히 다른 것이니 크게 신경쓰지는 말자.

우이암차인 대홍포는 너무나도 당연하게 푸젠성 우이암산 일대에서 생산된다. 우이암산의 평균 고도는 600m, 연강수량은 2,000mm, 평균 기온은 18.5도다. 이 산은 사방 60km에 걸쳐 펼쳐져 있고, 36개의 봉우리와 99개의 바위로 이뤄져 있다. 딱 무협지 주인공인 무림 고수가 은둔하고 있는 산의 모양과 같다. 이렇게 웅장한 규모이니 중국 정부에서 대대적인 조사를 벌였음에도 대홍포의 모목을 찾기가 어려웠던 것이다.

우이암산의 토양 역시 차 맛을 내는 중요한 근간이다. 우이암산은 바위로 이뤄진 산이어서 바위가 풍화되어 토양이 산성을 띤다. 차에서 쓸쓸하면서도 짙은 암운같은 향이 나는 이유는 이 토양의 공이 크다.

대홍포는 4월 말과 5월 초에 따는 봄차를 최상급으로 치며, 따는 지역에 따라 세 등급으로 품질이 나뉜다. 최상급은 우

초가을의 대홍포처럼 운무 가득한 숲속을 걷듯

이암산 관광구 안에서 채엽한 차이고, 두 번째 등급은 우이암산 관광구 외곽에서 채취한 것이다. 그리고 세 번째 등급은 우이암산 관광구 근처 마을에서 재배한 차다. 사실상 세 번째 등급의 차는 우리가 전설로 듣던 그 우이암차라고 보기는 어렵고 대량의 차밭에서 재배되기 때문에 암운을 느끼기에는 다소 부족함이 있다. 그러니 중국 어느 벽지 호텔에서 묵을 때 무료로 제공되는 대홍포를 보게 된다면 너무 흥분하지 말고 그냥 맛이나 보자 하는 마음으로 가볍게 차를 즐기기 바란다. 그 차가 지금 설명하는 대홍포이기에는 '무료'라는 팻말이 떡하니 버티고 있다는 것을 감안하고서 말이다.

여태껏 맛보았던 우이암차 중 가장 맛이 좋았던 것은 중국 국가 무형문화재인 고금 연주가 왕펑王鵬 선생의 쥔톈팡釣天坊을 방문했을 때 마신 차다. 베이징 도심에서 남쪽으로 한 시간 남짓 떨어진 쥔톈팡에 찾아갔을 때 덥수룩한 수염에 도인 복장을 한 왕펑 선생은 개인 작업실에 있는 다실로 우리 일행을 이끌었다. 2008년 베이징 올림픽 때 개막 공연 무대에 섰던 왕펑 선생이 마시는 차는 무엇일까 궁금해서 물었더니 왕펑 선생은 자신은 우이암차만 마신다고 했다. 나는 그때 한참 보이차에 빠져 있던 때라 속으로 조금 의아했다. 그러나 우이암산에서 직접 공수해

온다는 왕평 선생의 대홍포는 지금까지 내가 마셨던 차와는 급 자체가 달랐다. 앉은 자리에서 10번 이상 차를 우려냈지만 기운이 그대로였다. 포장도 캔에 밀봉된 형태로 되어 있었는데 이렇게 하는 것이 향을 오래 잡아 둘 수 있는 비결이라고 했다. 아마도 2등급 정도 되는 대홍포가 아니었을까.

우이암차 중에는 대홍포 외에도 좋은 차가 많다. 보통 사대명총四大名枞이라고 해서 대홍포大红袍, 백계관白鸡冠, 철나한铁罗汉, 수금귀水金龟 등을 최고로 꼽는다. 개인적으로는 대홍포 외에 계피향이 은은하게 퍼지는 육계肉桂와 맑은 기운이 강한 수선水仙을 좋아한다.

계피향을 맡으면 가을을 한껏 마시는 기분이 들어서일까. 우롱차 자체가 향을 즐기는 차기도 하지만, 우이암차는 향이 그윽한 것이 특히 가을 분위기에 더욱 잘 어울린다.

9월의 늦더위가 슬슬 지나고 10월의 완연한 가을 기운이 느껴질 때, 짙은 암운이 감도는 대홍포를 우려 마시며 고요하게 가을을 맞이해 보자. 좋은 오디오가 없더라도 휴대폰에 블루투스 스피커라도 연결해 재즈를 틀어두자. 가을의 젖은 낙엽 같은 대홍포 향 사이로 재즈가 스미는 모습이 눈에 잡히면 가을은 이미 성큼 다가와 있는 것이다.

초가을의 대홍포大红袍 운무 가득한 숲속을 걷듯

늦가을의 정산소종正山小种
인생이 이처럼 그윽하고 달았으면

　가을이 농익어 가는 11월이 되면 슬슬 홍차가 생각난다. 카페인에 예민해 홍차를 즐겨 마시지는 않지만, 한 해가 저물어 가는 이 시기가 되면 정산소종正山小种(정산샤오중)을 꺼내지 않을 수 없다. 우롱차보다 더 진하고 자극적인 맛은 겨울을 준비하는 11월과 가장 어울린다. 짧디짧은 가을을 아쉬워하며 가을의 끝자락을 꼭 쥐고 놓고 싶지 않은 심정을 대변한다고 할까. 고급 시가 향 같기도 하고 스모키한 하몽의 내음 같기도 한 정산소종 한 잔이면 가을을 떠나보낼 마음의 준비를 할 수 있다.

간혹 차를 마시다 보면 홍차가 영국에서 왔다고 생각하는 사람들을 종종 만난다. 사실 홍차의 본고장은 푸젠성 우이암 산이다. 앞 장에서 말한 대홍포가 나는 그곳이다.

홍차 영국 기원설은 나름 과학적(?)인 근거가 있다. 중국 동남부에서 나는 녹차와 우롱차를 배로 실어 유럽으로 가져가면서 오랜 항해로 인해 발효가 돼 홍차가 됐다는 그럴싸한 '썰'이다. 이 설은 장기간 항해를 하기 위해 와인에 주정을 넣어 강화시켰다는 포트와인의 기원과 맞물리며 상당히 신뢰를 얻기도 했다. 언뜻 들으면 그럴싸해 보이지만 제다製茶 과정을 알고 있는 사람이라면 녹차와 우롱차가 홍차가 된다는 말에 헛웃음이 절로 날 것이다. 녹차와 우롱차가 단순히 홍차에 비해 산화 발효가 덜 된 차라고 생각하면 그렇게 생각할 수도 있겠지만, 배에 실어 가는 동안 자연스럽게 발효도가 높아질 정도로 제다는 단순한 게 아니다.

우롱차는 요청搖青(찻잎을 흔들어 산화 발효를 돕는 과정)이라는 과정을 거쳐 산화 발효를 시킨다. 발효 정도는 60~70%가량이다. 홍차의 경우에는 찻잎의 습도를 유지하면서 완전히 발효시킨다. 발효도는 95%에 달한다. 둘의 차이라고 하면 우롱차는 찻잎이 적절히 발효됐을 때 발효를 정지시키고 건조한다. 그래서 반발효차라고 한다. 반면 홍차는 완전 발효를 시키는 점이 우롱차와는 다르다. 당연하게도 이 낭설은 우이암 산에 이미 아주 오래전부터 홍차가 있었다는 것이 밝혀지면서 깨졌다.

우이암 산에서 나는 홍차 중 최상위 등급의 차는 정산소종이다. 정산소종은 스모키한 향이 특징인데, 첫맛이 달콤하면서도 중반 이후 끝까지 코를 자극하는 스모키한 향이 이어진다. 바로 이 점이 매력이다. 위스키로 따지면 피트peat 향이 매력적인 라프로익laphroaig의 그것과 비슷한 느낌이다. 무거우면서도 화사함이 곁들여진 정산소종은 홍차 마니아들 사이에서도 인기가 좋다.

"오오, 차에서 스모키한 향이 나다니요!"하며 감탄할 수도 있겠지만, 실제로 정산소종은 훈연을 해 스모키한 향을 입히기 때문에 향을 구현한 게 아니라 말 그대로 스모키한 향이 '난다'. 정산소종은 백송白松(흰 소나무)을 태워 찻잎을 열건조한다. 그래서 강한 훈연향이 나는 것이다. 한약재 향이라고 하는 사람도 있다. 혹자는 고급 시가와 담뱃잎의 향을 정산소종의 향과 비교하기도 하는데 나는 흡연자가 아니라 정확히는 모르겠다.

독특한 향이 특징인 정산소종은 우유나 설탕을 타서 마시지 않고 차 그대로를 즐겨야 한다. 흑산도에서 홍어를 삭혀서 먹지 않고 생으로 즐기는 것처럼 말이다.

정산소종의 기원에 대해서는 여러 설이 있는데 조금 재밌는 설은 다음과 같다. 17세기 초 정산소종의 본고장인 푸젠성 우이암 산 숭안현 퉁무춘桐木村에 군사들이 쳐들어와서 차를 만들던 사람들이 피난을 간 적이 있다고 한다. 시간이 지나 군사들이 물러가고 마을 사람들이 다시 돌아왔을 때 차는 이미 완전히 발효된 상태였다. 마을 사람들은 이를 버리기가 아까워 이 고장에서 나는 소나무를 태워 차를 건조했고 이것이 정산소종의 기원이 됐다고 한다.

또 다른 설은 1840년 아편전쟁 이후 중국 내 정국이 혼란하자 제다 기술의 궁극窮極이라 불리는 우롱차의 생산이 급감했다고 한다. 그러자 시장에는 가짜 우롱차가 나돌았고, 이에 영국 차 시장에서는 가짜가 판치는 우롱차 대신 충분히 산화 발효된 홍차에 수요가 집중됐다. 시장의 수요에 맞춰 완전히 발효된 차를 소나무를 이용해 태워 중국 특유의 열건조 과정을 거쳐 만들었는데 이게 정산소종 홍차가 만들어진 기원이라고도 한다. 두 가지 설 모두 진짜인지 가짜인지는 알 길이 없다.

정산소종은 영국의 고급 식품 매장인 포트넘앤메이슨 Fortnum&Mason 등 여러 홍차 회사의 블렌딩에 표준으로 쓰이고 있다. 사실 TWG나 포트넘앤메이슨 같은 가향차flavor tea를 만드는 브랜드들은 정산소종이나 기문祁門 등 원조 홍차를 모방한 차를 만들고 있는 것이다. 원조 홍차의 원가가 워낙 비싸기도 하지만, 과거 영국에서 홍차가 귀한 대접을 받을 때 가향차로 아쉬움을 달랬던 것이 현재는 하나의 장르가 된 것이라고 할 수 있다. 정산소종의 트레이드 마크인 훈연향은 오래 가지 않기 때문에 장거리 유통 시 인위적으로 훈연향을 강화하는 가공 과정을 거치기도 하는데 이런 정산소종을 입산소종立山小種(랍산소총)이라고 부른다.

정산소종과 연이 있는 또 다른 유명한 차를 소개할까 한다. 정산소종은 몰라도 얼 그레이Earl Grey를 아는 사람은 많다. 이 얼 그레이를 만든 19세기에 영국 총리를 역임한 찰스 그레이 백작은 정산소종의 맛에 매료돼 1706년 설립된 홍차 명가인 트와이닝스Twinings에 정산소종과 같은 맛의 홍차를 주문했다. 정산소종은 향이 쉽게 날아가 유통의 어려움을 겪었고, 트와이닝스는 정산소종 특유의 향을 모방하기 위해 비슷한 향이 나는 베르가모트 오일bergamot oil을 중국 홍차에 첨가했다고 한다. 이것이 그 유명한 홍차 얼 그레이가 탄생한 배경이다. 정산소종의 일종인 금준미金駿眉(진준메이), 은준미銀駿眉(인준메이)는 실제로 베르가모트 오일과 비슷한 향이 나는데 이를 '귤 향'이라고 하는 사람들도 있다. 이런 정산소종은 향이 실제로 차에서 나는 것이지 특정 향을 첨가하는 레시피를 통해 구현한 것이 아니기 때문에 매우 귀하다. 두 가지 다 즐겨 마시는 입장에서 원조 격인 정산소종과 얼 그레이는 완전히 다른 차라고 할 만큼 전혀 다른 맛과 향을 지녔다. 가격도 정산소종이 훨씬 비싸다. 정산소종과 얼 그레이는 이제 전혀 다른 영역에서 마니아 층을 형성하고 있어 얼 그레이의 기원은 하나의 이야기로써만 의미가 있다.

대홍포와 마찬가지로 정산소종에도 여러 등급이 있기 때문에 호텔에서 무료로 제공되는 정산소종을 마셨다고 그 차가 여기에서 말하는 정산소종이라고 생각해서는 안 된다. 고급 정산소종의 경우 매우 귀하며 50g 기준 20만 원을 호가한다. 물론 훨씬 비싼 정산소종도 많다. 특히 우이암산에서 나는 정산소종은 아주 소량이라서 우리가 마시는 정산소종이 진품일 가능성은 상당히 적다. 그러니 고가의 정산소종보다는 적정한 가격의 정산소종을 구매해 마시는 편이 경제적으로나 맛으로 보나 훨씬 좋다.

11월의 어느 늦은 가을 밤, 정산소종 한 잔에 밤 양갱을 다식으로 곁들여 본다. 진한 홍차 향 사이사이로 양갱의 단맛이 끼어 든다. 인생이 이랬으면 좋겠다. 차처럼 그윽하고 양갱처럼 달았으면 좋겠다.

훗날 나이가 더 들어서는 오늘처럼 정산소종을 마시며 지나간 가을을 그리워하고 있을까? 아니면 다른 차를 마시며 다가올 만추의 어느 밤을 기대하고 있을까? 같은 차를 마시고 있어도 다른 차를 마시고 있어도 그것 또한 내 인생이겠지. 오늘의 가을밤은 오늘뿐이니까 지금 내 앞에 놓인 정산소종을 즐기는 것이 지금 내게는 최선의 인생이다.

가을이 깊어가는 소리가 깊다. 가을이 빠져나가는 뒷모습이 재빠르다.

꽃향기 속에 깃들인 묵직한 암운

암향비 |岩香妃

암향비岩香妃는 육대 다류에 따른 어떤 특정 차의 종류가 아니라 루이취안瑞泉이라는 라오쯔하오老字号(노포)에서 만드는 명차다. 루이취안은 명말청초明末淸初인 1644년(명이 망하는 해)에 설립된 아주 명망 있는 차창이다. 황씨 일가가 대대로 전승하는 차창으로 현재는 12대째 전승인인 황성후이黃圣辉가 2000년에 유한회사를 설립해 운영 중이다.

암향비를 굳이 분류해 보자면 민북閩北 우롱차인데 '민閩'은 푸젠福建 성을 뜻한다. 그러니까 푸젠성 북쪽인 우이암산 그중에서도 암석 지대에서 자라는 우이암차 중 하나다. 우롱차의 왕이라고 불리는 대홍포도 우이암산 출신이다. 민북이라는 개념이 나와서 한 마디 더 붙이자면, 푸젠성 남쪽인 민남 지역 우롱차 중에는 유명한 철관음차가 있다. 아무튼 푸젠성은 모리화차茉莉花茶도 있고, 백호은침도 있고 명차가 정말 많은 곳이다.

암향비를 처음 만난 건 2019년 중국의 한 유명 예술가를 만나러 갔을 때다. 이 암향비는 우이암 산에서 나는 차로 다른 브랜드에는 없고 그냥 루이취안에서 만드는 차의 상표다. 암향비의 이름 중에 '향비'는 건륭제 때 위구르 왕 아리화탁의 딸로, 청 장군 조혜가 정복 전쟁에서 승리한 뒤 자금성으로 보낸 후궁이다. 향비는 미모가 뛰어나고 어려서부터 몸에서 특이한 향이 났다고 하는데 건륭제는 조혜에게 전쟁에서 승리한 뒤 향비를 반드시 데려오라고 명할 정도로 천하절색을 자랑했다. 그러나 색목인인 향비는 혼인을 약속한 상대가 이미 있었다. 야속하게도 건륭제는 이미 향비의 매력에 푹 빠진 뒤였고, 싫다는 향비를 매일 밤 찾아갔다. 스물두 살에 궁에 끌려온 향비는 향수병과 건륭제의 비뚤어진 사랑에 좌절해 스물아홉 살에 결국 병사하고 만다. 향비는 건륭제가 묻힌 유릉에 36명의 후궁과 함께 묻혀 있다. 또 위구르 카슈가르에도 향비의 무덤이 있

다고 한다.

　이 차의 특징은 이름처럼 향비에게서 났음직한 꽃향기가 나면서 암운이 느껴지는 데 있다. 마셔 보니 푸젠성 최고의 우롱차인 대홍포와도 비슷한 느낌이 나는데 단 맛도 느껴지고 묵직한 끝 맛이 있다. 이 묵직함이 바로 우이암차의 특징이다. 내포성도 강해서 8g 들이 한 포를 트면 차 2L를 우려낼 수 있다. 가격은 한 포(8g)에 2만 원을 호가할 정로도 매우 비싼 차에 속한다.

　차를 선물 받아 집에 들고 왔을 때 우릴 엄두가 나지 않아 차 선생님인 J 선배에게 달려가 차를 우려 달래서 함께 즐겼다. 과연 명차는 누구나 좋아한다고 했던가. J 선배도 우롱차 중에서는 암향비가 가장 기억에 남는다고 할 정도로 맛이 좋았다.

방 안 가득 퍼지는 싱그러우면서도 농밀한 향

빙선철관음 冰鲜铁观音

우롱차를 언급하면서 철관음을 논하지 않는 것은 우롱차에 대한 예의가 아니다. 우롱차 중에서 대홍포가 발효도가 큰 축에 속한다면 철관음은 발효도가 낮은 쪽이다. 발효도가 낮은 우롱차는 청아하고 맑은 기운이 강하기 때문에 초가을에 주로 즐긴다.

철관음은 중국인들이 많이 즐겨 마시는 차로도 유명하다. 생산량이 많아서 생활차로 먹기에 부담이 없는데 중국인들이 녹차 다음으로 많이 마시는 차가 바로 철관음이기도 하다. 맛과 향이 뛰어난 철관음은 품질도 대체로 좋은 편이어서 대학생부터 직장인까지 널리 사랑받는다.

철관음도 여러 종류가 있다. 이번에는 한국에서는 흔히 볼 수 없는 빙선철관음冰鮮铁观音(빙센톄관인)이라는 차를 소개할까 한다. 차 좀 마신다 하는 사람들도 빙선철관음에 관해 들어본 적이 없을 가능성이 크다.

철관음이라는 차는 중국을 비롯해 한국, 일본, 대만에서 인기가 많다. 철관음은 명차 산지로 유명한 푸젠성에서 나는 차인데, 특히 안시安溪 현에서 나는 철관음을 최상품으로 친다.

빙선철관음의 맛은 일반 철관음과는 같다고 하면 약간 서운할 정도로 고급스러운 맛을 자랑한다. 한 번 우리기만 해도 온 방 안에 가득할 정도로 싱그럽고 풋풋한 향, 그리고 짙은 녹음의 냄새가 퍼진다. 마치 꽃이 가득한 숲속을 걷는 듯한 기분을 들게 한다.

발효차인 우롱차의 향이 풋풋하다니. 그럴 수도 있나 생각할 수도 있겠지만 빙선철관음은 정말로 풋풋한 싱그러움을 느낄 수 있는 차다. 이는 녹차의 봄기운 가득한 싱그러움과는 다른 '농후하고 농밀한' 싱그러움이랄까.

빙선철관음은 '짝퉁 철관음 퇴치차'라는 별명을 가지고 있다. 이런 별명이 붙은 이유는 그 특유의 제조 과정 때문이다. 중국과 대만, 일본, 한국에서 철관음이 명성을 얻으면서 짝퉁 철관음이 생겨나기 시작했다. 철관음 품종이 아닌 차나무에서 찻잎을 채엽해 우롱차를 만든 뒤 꼭 철관음처럼 잎과 줄기를 꼬아 유념해 철관음이라 속인 짝퉁 차들이 생겨난 것이다. 원래 철관음 찻잎을 보면 잎 두세 장에 작은 줄기가 붙었는데 소엽종으로 주로 만드는 녹차랑 비교하면 약간 뻣뻣한 느낌이 난다. 꼬깃꼬깃 꼬불꼬불한 모양새가 특징이어서 차를 좋아하는 사람들은 겉모습만 봐도 철관음이라는 것을 안다.

그런데 빙선철관음은 일반적인 철관음과는 다른 방식으로 만든다. 철관음 본산인 푸젠성 안시현 일부 차창에서는 발효도를 좀 낮추고 건조 과정을 짧게 한 뒤 찻잎을 급랭시키는 빙선철관음을 만들기 시작했다. 이렇게 하면 잎과 줄기의 모양새가 살아 있는 철관음을 만들 수 있어 짝퉁 철관음을 만들기 어렵다. 빙선철관음의 장점은 철관음 찻잎 모양을 고스란히 감상할 수 있다는 점과 발효가 적게 되어 풋풋한 향이 더 살아 있고, 건조 과정이 짧아 찻잎이 습기를 많이 머금어 생기가 있다는 점이다. 반대로 단점은 잎이 물을 많이 머금고 있어 차가 변질되기가 쉽고, 발효도가 낮아 우롱차임에도 풋내가 나는 느낌이 있다는 것이다. 또 발효도가 낮아 장복할 경우 위에 자극을 줄 수도 있다. 장기간 보관이 어렵고 냉동보관을 해야 하는데 이 때문에 짝퉁차가 유통되기 어려운 것이다.

빙선철관음을 실제로 마셔보면 차나무에서 찻잎을 막 따서 짓이긴 뒤에 얼른 덖어서 바로 차를 내려 마시는 느낌이 든다. 마시고 나면 입안이 아주 상쾌하다. 맛뿐 아니라 향이 압도적인데, 입 안을 넘어 머릿속까지 그 향으로 가득 채워지는 것 같다.

안타까운 건 냉동실에 보관해야 해서 한국에 가져가기가 어렵다는 것이다. 그래서 베이징에서도 차 도매시장인 마롄다오 马连道에 가거나 철관음이 나는 푸젠성 현지에 가서 맛보는 수밖에 없다. 그러니 중국에 갈 기회가 있다면 꼭 한 번 맛보시길 바란다.

겨울의 보이차普洱茶
이 좋은 차를 오래 즐길 수 있으면 좋겠다

겨울이 왔다. 드디어 보이차普洱茶의 계절이 온 것이다.

'드디어'라고 굳이 붙인 것은 보이차를 편애하는 마음이 섞여 있기 때문이다. 여러 가지 차를 골고루 마시지만 "어떤 차를 가장 좋아하세요?" 하고 묻는다면 망설임 없이 "보이차입니다!" 하고 대답한다. 아마 차의 세계로 나를 이끌어준 차가 보이차여서 그런 것일지도 모른다.

보이차를 꼭 겨울에만 마시는 것은 아니지만, 아무래도 겨울에 마시는 보이차가 다른 계절보다 더 매력 있는 것 같다. 베이징 공항의 추위에 몸서리치던 기억 때문인지 보이차는 겨울에 마셔야 유독 맛이 좋게 느껴진다.

겨울 외출 후 돌아와 꽁꽁 언 몸을 녹이는 데도 보이차가 최고다. 팔팔 끓는 물에 보이 숙차를 우려 마시면 몸이 사르르 녹는다. 숙차 특유의 메주 냄새 비슷한 큼큼한 향과 맛은 심리적인 안정감을 준다.

볕이 따뜻한 겨울날에는 보이 생차를 꺼내 쨍한 맛을 즐기도 한다. 숙차보다는 맑고 진한 맛. 이 맛은 이 맛대로 저 맛은 저 맛대로 겨울의 추운 날씨와 함께 하기에 제격이다. 청의 마지막 황제 황제였던 푸이溥儀도 겨울이면 보이차를 즐겼다고 하니 겨울과 보이차가 어울린다고 생각하는 건 나만은 아닌 것 같다.

보이차에 관해 이야기를 꺼낼 때는 늘 조심스럽다. '차의 오리지널'이라는 명성이 부담스럽기도 하지만 워낙 마니아마다 의견이 제각각인 차가 바로 보이차다. '보이차는 이러이러한 차다.' 하고 섣불리 의견을 냈다가는 집중포화를 받기 일쑤다. 물론 그런 것이 두려웠다면 차에 관한 글을 쓰지도 않았겠지만, 어쨌든 그렇다는 말이다.

보이차는 보이차 그 자체로 하나의 장르를 이룰 만큼 차계에서 관심과 사랑을 받고 있다. 인연인지 필연인지 중국에서 처음 접했던 차도 보이차였다. 도연당은 윈난의 고수차밭에서 차를 제작해 판매하는 차관이었다. 그래서인지 도연당에서 파는 보이차가 내 차 생활의 첫사랑이었고 지금도 변치 않는, 내가 가장 사랑하는 차이기도 하다.

중국에서 차를 마시면서 가장 신경이 쓰였던 차도 역시 보이차였다. 우리도 중국차의 대명사를 꼽으라면 습관처럼 보이차를 꼽는다. 가끔 '보이차 하나에 ○○억 경매 최고가 경신!'이라는 헤드라인을 단 뉴스를 TV나 신문의 해외토픽란에서 보기도 하고, 중국에 드나드는 지인이 가져다준 보이차를 마시며 이게 짝퉁인지 진짜인지 갑론을박을 한 경험이 한 번쯤은 있기 때문이 아닐까.

이처럼 말도 많고 탈도 많은 보이차. 그러거나 말거나 이 모든 걸 다 떠나서 제대로 된 보이차는 정말 좋은 맛을 낸다. 물론 건강에도 좋다. 다른 차들과 달리 보이 숙차는 온종일 옆에 두고 마셔도 크게 탈이 나지 않는다. 이건 내가 수년 간 임상해서 얻은 '사실적 경험'이기 때문에 믿어도 좋다.

'보이차를 처음 맛본 사람은 있어도 한 번만 맛본 사람은 없다'라는 말이 있을 정도로 보이차의 매력은 마시면 마실수록

겨울의 보이차普洱茶. 이 좋은 차를 오래 즐길 수 있으면 좋겠다

더 도드라진다. 그래서인지 이 사람 저 사람 말을 보태고 때로는 마치 만병통치약처럼 보이차를 떠받드는 사람도 있다.

보이차를 주로 마시는 지역은 홍콩, 중국, 대만, 한국 등이다. 최근에는 유럽과 미국에서도 보이차를 마시지만, 주요 소비지를 따지라면 이 네 지역이 대표적이다. 재밌는 것은 사람뿐 아니라 이들 지역에서 바라보는 보이차도 각각 다르다는 점이다.

보이차를 마시는 지역을 나열할 때 중국이 아니라 홍콩을 맨 앞에 둔 이유는 현대 보이차 문화가 홍콩의 문화에 많이 기대고 있기 때문이다. 현대를 살아가는 보이차 마니아가 생각하는 보이차는 '홍콩의 보이차'에 가깝다. 이를 간단하게 설명하면 '진기가 오래된 보이차를 높게 치고, 노차에서 나는 진향과 이를 카피하면서 발전한 고품질 숙차를 즐긴다'로 요약할 수 있다. 나 역시 이 기준에 맞춰 보이차를 품평해 왔다.

홍콩의 보이차

내가 이야기하려는 보이차는 원난 소수민족의 생활필수품인 보이차가 아니다. 지금 우리가 마시는 보이차에 관한 이야기다. 현대에는 귀한 대접을 받는 보이차지만, 보이차의 태생을 찬찬히 살펴보면 보이차는 그다지 고급스럽지도 않고 엘레강

스하지도 않은 '흙수저'였다. 신정현 작가의 책 『처음 읽는 보이차 경제사』(나무발전소)에는 보이차의 이러한 내력이 쭉 설파되어 있다.

홍콩에서는 보이차를 굉장히 오래전부터 애용했다. 대략 1850년대부터 윈난과 광둥에서 홍콩으로 보이차가 수출됐다고 하니 150년도 더 넘은 셈이다. 당시 홍콩에서 보이차는 한국 함바집에서 내놓는 보리차 수준의 차였다. 본토에서 돈을 벌기 위해 몰려든 중국 노동자들과 홍콩 원주민들이 차루茶楼에서 아침으로 딤섬을 먹을 때 공짜로 내주는 차가 바로 보이차였다. 물론 당시에도 고급 보이차가 있었지만, 홍콩에서 즐기던 보이차는 그런 수준의 차에 불과했다. 찻잎의 등급도 여린 잎이 아닌 8~9등급의 거친 잎으로 만든 보이차였다. 어린싹이나 3~5엽으로 만든 차들은 본토에서 소비됐고, '차의 블랙홀'이라고 불렸던 티베트 역시 7~8등급의 잎으로 만든 차를 더 선호했다. 차가 없으면 고원지대에서 영양 불균형과 병치레를 해야 했던 티베트인들에게 보이차는 말 그대로 우리의 쌀이나 김치와 같이 없어서는 안 될 생필품이었다.

잠시 티베트 이야기를 하자면, 티베트라는 막강한 차 시장이 윈난의 보이차를 발달시키고 명맥을 유지하게 한 원동력이 됐다고 해도 과언이 아니다. 고대로 더 거슬러 올라가면 티베

겨울의 보이차普洱茶 이 좋은 차를 오래 즐길 수 있으면 좋겠다

트는 윈난 지역의 대리국과 한족이 자리한 중원에 당시에는 전차와도 같았던 말을 공급하고 필수품인 차를 수입했다. 그 유명한 차마고도茶馬古道가 바로 이 무역로를 가리키는 것이다. 현대로 따지자면 군수 공장을 돌려 식량을 산 셈이다. 그래서 티베트로 가는 보이차는 부피를 최대한 줄일 수 있는 버섯 모양을 한 긴차緊茶(티베트인들이 즐겨 먹는 버섯모양의 차)였고, 굳이 좋은 잎을 사용하는 고급차일 필요도 없었다.

어쨌든 보이차의 헤게모니를 쥐고 있는 홍콩 보이차의 태생은 이렇듯 처음엔 흙수저였다. 이런 홍콩이 시간이 지나면서 '아시아의 호랑이'로 불릴 만큼 엄청난 경제 성장을 이루게 된다. 공사판에서 콘크리트를 치던 노동자도 어느덧 건설 회사의 대표가 됐다. 이런 사람들은 재산이 어마어마하게 불어났음에도 고생하던 시절 마시던 보이차를 잊을 수는 없었다.

여기에 차의 강한 특성 중 하나인 '인 박힘'도 홍콩인의 보이차에 대한 수요를 지속하고 증대시키는 데 크게 한몫했다. 나 역시도 이틀 정도만 보이차를 마시지 않으면 안절부절못할 정도로 보이차를 찾으니 말이다.

하지만 사장님이 된 홍콩 사람들은 막일 판에서 마시던 공짜 보이차를 더는 마시기 싫어했다. 결국 홍콩 자본은 보이차

원료인 쇄청모차가 생산되는 윈난으로 몰려갔고, 본인 입맛에 맞는 차를 주문 제작하기에 이른다. 그리고 이들은 홍콩에 들어온 보이차를 창고에 넣어 본인들 입맛에 맞게 잘 숙성시켰다.

이전에는 보이차가 들어오면 그해에 죄다 소진을 시켰다. 공짜로 제공하는 차니 따로 보관하지 않았을 것이다. 비싼 홍콩의 부동산을 생각한다면 공짜로 내주는 차인 보이차를 보관하기 위해 굳이 임대료를 들여가며 창고를 운영할 필요는 없지 않았을까.

상황이 바뀌었다. 질 좋은 보이차가 홍콩으로 들어오고 홍콩 지하 창고에서 습기를 먹어가며 곰팡이를 피운 보이차는 지상 창고로 다시 올려져 통풍이 잘되고 건조한 창고에서 곰팡이가 사라질 때까지 잘 익혀졌다. 그렇게 10년 이상을 묵힌 차들이 시장에 나왔다. 이 차들이 요즘 우리가 만나는 차계의 골동품, 보이차의 모습이다. 보이차 좀 마신다는 사람들의 입맛 스탠더드는 이렇게 홍콩 보이차의 역사와 결을 같이 하는 것이다.

겨울의 보이차普洱茶. 이 좋은 차를 오래 즐길 수 있으면 좋겠다

대만의 보이차

대만의 보이차는 어땠을까. 국민당 편에 섰다가 국공내전에 패배해 대만으로 쫓겨 간 중국인들은 1980년대가 되면서 중국에 있는 고향 집을 방문할 수 있게 됐다. 당시만 해도 대만에서 직항으로 본토로 가는 항공편이 없었다. 대만 교포들은 홍콩을 경유해 중국의 고향 집을 찾았다(한국도 수교 전 이런 루트를 거쳐야 했다). 신정현 작가에 따르면 대만 사람들은 이때 홍콩에서 보이차를 처음 맛보게 된다. 알다시피 대만은 원래 녹차와 우롱차가 유명하다.

보이차 맛을 본 대만 사람들은 보이차가 돈이 된다는 사실을 알게 됐고 윈난을 찾아 보이차를 주문 제작하기에 이른다. 이들은 또한 프롤레타리아와 농민 계급이 아닌 노블레스 집단답게 보이차에 고급문화를 덧씌웠다. 일본과 유대감이 있는 대만 사람들은 격식을 중시하는 일본의 차 문화도 보이차에 첨가했다. 이렇게 고급스러운 대만 보이차가 탄생했다. 차를 알아보는 대만 사람의 선구안, 여기에 문화적 요소를 불어넣은 그들의 노력은 보이차를 한 단계 성장시키는 데 훌륭한 역할을 했다.

중국의 보이차

보이차에 대한 대만 사람들의 노력은 오히려 중국 본토인의 관심을 보이차로 집중시키며 '헬 게이트'를 열게 된다. 중국의 보이차는 항일전쟁, 국공내전, 신중국 건국, 대약진운동, 문화대혁명, 개혁개방 등 중국이 굴곡의 근현대사를 지나는 동안 부국강병의 수단으로 여겨졌다. 중국은 보이차를 마시는 차 또는 기호품의 일종으로 보기보다는 나라를 부강하게 만들어 줄 자원으로 본 것이다.

물론 중국 윈난에서도 보이차를 마셨다. 하지만 홍콩과 대만 사람들이 즐기는 후발효 된 보이차는 아니었다. 이들이 마시는 보이차는 자신의 집 마당에 심은 차나무에서 잎을 따 즉석에서 끓인 보이차였다. 윈난에 방문했을 때도 윈난의 소수민족이 집 앞 차나무에서 찻잎을 따 차로 마시는 모습을 흔히 볼 수 있었다. 이들은 생차 그리고 햇차를 즐겼다. 이는 현대 사회에서 선호하는 보이차와는 거리가 있는 모습이다. 우리가 오래된 보이차의 진기를 중시하고 이를 맛의 표준으로 삼는 것과는 상당한 차이가 있다.

중국인이 보이차를 즐기기까지는 한참의 시간이 걸렸다. 홍

겨울의 보이차普洱茶. 이 좋은 차를 오래 즐길 수 있으면 좋겠다

콩의 지속적인 수요와 대만의 보이차 러시, 국유화됐던 차장의 민영화 이후에야 보이차는 중국인들의 혀에 닿을 수 있었다. 물론 윈난을 제외하고 그렇다는 이야기다. 그전까지 보이차는 부르주아지의 향락적인 문화로 치부돼 터부시됐다. 대만의 보이차 열풍에 힘입어 1995년 대만 보이차 애호가 등시해가 쓴 『보이차』와 같은 해 나온 윈난농업대 주훙걸 교수의 『윈난보이차』가 출판된 뒤에야 중국에 보이차 붐이 일기 시작했다. 그러니까 중국의 보이차 붐은 1990년대 중반 이후의 일인 것이다. 보이차의 본고장인 중국에서 1990년대에 이르러서야 보이차 붐이 일었다는 것이 참 아이러니하다.

개혁개방의 바람을 탄 중국의 자본력은 대단했다. 보이차가 유명세를 탄 지 10년여 만인 2007년에는 천정부지로 치솟은 보이차 값이 네덜란드 튤립 투기 못지않은 상승세를 보이며 '1차 보이차 쇼크'가 발생했다. 당시 중국 언론은 이 문제를 심각한 사회문제로 부각했다. 이 시기 값이 나가는 보이차는 중국 유력자들에게 바치는 뇌물로 사용되며 고가의 보이차에는 늘 '뇌물 차'라는 꼬리표가 따라붙었다. 실제로도 이 시기 보이차를 일상에서 즐기는 중국인은 많지 않았다고 한다. 보이차를 수중에 넣는다 해도 직접 마시기보다는 누군가에게 선물을 빙자한 뇌물로 사용해야 했기 때문이다.

대륙에서 불기 시작한 보이차 열풍은 홍콩과 대만에 있는 보이차 마니아들에겐 악재로 작용했다. 중국에서 보이차는 투기 수단이자 뇌물용 사치품이 됐다. 흔히 보이차 계를 조소할 때 쓰는 '누구도 마시지 못하는 차'가 된 것이다. 홍콩에서 흙수저로 시작한 보이차의 신분은 급상승했다. 이제는 금칠을 두르고 고귀한 몸이 되어 인생 역전에 성공한 것이다.

여전히 보이차는 어디에서든 귀한 대접을 받는다. 가격은 매년 최고치를 경신하며 오르고 있다. 한편으로 안타깝기도 하지만 또 한편으로는 자본주의 시장경제의 이치가 다 이런 것이니 어찌해 볼 도리가 없다는 생각도 든다.

한국의 보이차

그렇다면 한국의 보이차는 어떨까. 한국의 보이차에는 여러 모습이 섞여 있다. 보이차를 굉장히 초기부터 마셨던 '엄근진 유생형' 보이차 마니아부터 건강을 위해 마시는 '웰빙형 마니아', 다이어트를 위해 마시는 '다이어터형 마니아' 등 소비층이 다채롭다. 초기부터 보이차를 마셨던 사람들은 '생차 제일주의'를 고수하며 숙차에 대해 엄격한 기준을 들이대기도 한다. 이런 사람들은 '숙차는 가짜 보이차'라는 말을 서슴없이 하기도 하며 진기가 오래된 차가 아니면 상종도 못 할 차라고 목소리를 높이기도 한다. 하지만 뭐가 됐든 기본 베이스는 홍콩과 대만식 보이차에 맞춰져 있다. 또 한편으로 보이차 생활의 밸런스를 깨뜨리는 중국의 보이차 시장 교란을 목이 쉬어라 비판하기도 한다. 사실 보이차의 고장인 중국에서 보면 황당한 일일 수 있다. 훗날 김치가 세계적으로 인기를 얻게 되자, 한국에서 배추 사재기하며 김치 기술을 통제하는 것을 두고 외국에 사는 김치 마니아가 비판의 목소리를 높인다고 생각하면 역지사지가 될까.

한 가지 분명한 사실은 한국에서도 보이차 마니아가 점점 늘어나고 있다는 점이다. 차 업계에서는 자본주의가 고도화하고 사회가 발전할수록 차에 대한 수요가 늘어난다고 판단하고 있다. 내 생각도 역시 그렇다. 사람이 먹고살 만해지고 혹독한 현실에 내몰릴수록 신체와 정신능력을 부스팅boosting 해주는 음료들보다 심신의 안정을 찾아주는 음료를 찾기 마련이다. 그런 의미에서 한국의 보이차는 점점 '웰빙형'에 가까워지고 있다.

이런 배경을 이해하고서 보이차라는 단어를 다시 생각해 보자. 홍콩에서의 보이차와 대만에서의 보이차, 중국에서의 보이차, 한국에서의 보이차. 서로가 각각 의미하는 바가 다르고 바라보는 지점도 다르다. 홍콩과 대만인의 입장에서 보이차는 이제 중국의 자본에 휘둘리는 투기 수단이 됐다. 중국의 입장에서는 보이차를 다시 중국의 것으로 돌려놔야 한다고 생각할 수 있다. 후발주자인 한국의 입장에서는 이런 생각들이 복합적으로 혼재할 것이다.

상품으로서 보이차에 대한 생각도 후발효를 중시하는 홍콩과 보이차 문화를 즐기는 대만, 원료인 찻잎의 헤게모니를 쥐고 있는 중국이 서로 다를 수 있다. 중국은 보이차의 재료가 되는 쇄청모차의 품질을 중시할 테고, 홍콩은 창고에서 잘 묵히는 보관을 중시할 것이다. 우리가 생각하는 보이차와 저들이 생각하는 보이차는 다를 수 있다. 하지만 뭐가 됐든 보이차는 차의 한 종류라는 것. 우리는 각자의 사정과 형편에 따라 보이차를 즐기면 그뿐인 것이다.

겨울이 깊어 가고 있다. 보이차 한 잔을 앞에 두고 앉아 있다. 앞으로 석 달 동안 최상의 환경에서 보이차를 마실 수 있어 좋다는 생각이 먼저 든다. 그리고 보이차 투기가 조금 잠잠해져서 더 오래오래 겨울 보이차를 즐길 수 있었으면 좋겠다는 생각도 든다. 세월은 흐르고 내가 차를 즐길 수 있는 날은 하루에 하루씩 줄어들고 있으니 말이다.

겨울의 보이차普洱茶 이 좋은 차를 오래 즐길 수 있으면 좋겠다

담백하고 맑은 맛이 특징인 보이차의 스탠더드

7542

보이차를 처음 마시는 사람에게 권할 차를 고르라면 단연코 '7542'다. 대익大益이라는 브랜드에서 처음 만든 7542는 '보이차의 스탠더드'로 불린다. 현재는 대익뿐 아니라 다른 브랜드에서도 이 레시피대로 만든 7542가 나오고 있다.

7542가 이처럼 보이차의 기준이 된 데는 여러 가지 이유가 있는데, 굳이 내게 가장 큰 이유 하나를 꼽으라고 한다면 가장 평균적이며 균일한 맛을 내고 생산량도 많아 적정한 가격에 판매된다는 점을 들겠다.

7542는 보이차를 처음 접하는 사람이 마시기 좋고 또 마실 가능성이 가장 큰 차이기도 하다. 나 역시 차를 막 마시기 시작했을 때 맛본 차가 7542다.

맛은 보이 생차의 가장 대표적인 특징이라 할 만큼 화사하면서도 청아한 맛을 낸다. 이 맛은 대중적이면서도 언제 마셔도 나쁘지 않은, 모두가 좋아할 맛이라 표현할 수 있을 것 같다. 이 때문에 스탠더드라는 별칭이 붙었는지도 모를 일이다.

7542의 인기는 매년 증가하고 있다. 덩달아 가격도 갈수록 오르고 있다. 점차 본래의 취지와는 멀어지고 있는 7542지만 한 달에 한 번 이상은 생각나는 차라는 사실을 부정하기는 어렵다.

7542는 숫자로 이름을 붙이기 때문에 '숫자차' 혹은 '마이하오차嘜号茶'라고 불린다. 7542뿐 아니라 다른 여러 차도 4자리 숫자를 달고 시중에 나오는데, 이 숫자의 의미를 알면 숫자차를 이해하는 데 큰 도움이 된다.

앞의 두 자리는 처음 이 차의 레시피가 만들어진 연도를 나타낸다. 7542의 경우, 앞의 75는 1975년을 가리킨다. 간혹 75를 생산 연도로 알고 있는 사람들이 있는데 이는 잘못 알고 있는 것이다. 상식적으로 1975년에 생산된 차가 매년 그렇게 많이 유통될 수는 없는 일 아닌가. 75는 레시피가 처음 만들어진 해를 나타내며, 프로토타입으로 만들어진 해가 아니라 시중에 본격적으로 유통된 해를 나타낸다.

그다음 세 번째 숫자는 잎의 등급이다. 보이차 잎의 등급은 특급과 1~9등급까지 총 10개로 나뉜다. 숫자가 작을수록 잎의 크기가 작고 연하다. 대개 등급이 높은 보이차는 작은 잎으로 만들어지지만, 그렇다고 잎의 등급이 차의 맛을 무조건 결정하는 것은 아니다. 특히나 보이차는 발효가 중요한 차이기 때문에 여린 잎으로 만든다고 해서 차가 잘 익지는 않는다. 또 차를 만드는 제다 과정과 숙성하는 보관 과정이 잘 어우러져야 좋은 차가 만들어지기 때문에 처음의 제다 과정 못지않게 보관도 중요하다.

7542의 경우 4등급 찻잎을 이용해 만든 차로, 후발효가 이뤄져야 하는 보이차 중에서는 상급 찻잎을 이용한 차라는 뜻이다. 특급~2등급의 아주 여린 잎만으로는 보이차를 잘 만들지 않고, 3등급 이상 찻잎을 주로 고급 보이차를 만드는 데 사용하기 때문에 4등급의 찻잎은 상당히 좋은 품질을 나타낸다고 할 수 있다.

마지막으로 네 번째 자리 숫자는 보이차를 만드는 차창을 가리킨다. 1번은 윈난의 성도인 쿤밍昆明(곤명) 차창, 2번은 멍하이勐海(맹해) 차창, 3번은 샤관下关(하관) 차창, 4번은 푸얼普洱(보이) 차창을 가리킨다. 그러니까 7542는 1975년도에 만들어진 레시피에 따라 4등급 잎을 가지고 멍하이 차창에서 만든 보이차라는 말이다.

7542의 맛은 어떨까. 멍하이는 현대 보이차의 메카로 불릴 정도로 막대한 생산량을 자랑하는 곳이다. 대익이라는 브랜드는 멍하이 지역의 생산을 독점하다시피 하여 차를 생산하고 있다. 특히 대익에서 만드는 차는 매해 균일한 맛을 내기로 유명하다. 제다 공정을 표준화하고 모차인 쇄청모차를 대량으로 확보하는 엄청난 자본력이 이를 가능케 했다. 7542가 중요한 이유가 여기에 있다. 마치 내추럴 와인과 컨벤셔널 와인의 차이처럼 개성이 강한 고수 보이차도 좋지만, 처음 자신의 기호를 찾기 위해서는 7542처럼 기준이 되는 보이차로 자기 입맛의 기준을 잡을 필요가 있는 것이다. 싱글몰트를 좋아하는 위스키 마니아들도 가끔 블렌디드 위스키를 즐기는 것과 같은 이유다. 보이차 계에서는 이런 역할을 7542가 맡고 있다. 물론 요즘에는 보이차 품귀현상으로 7542조차 구하기가 점점 어려워지고 있지만 말이다.

보이차에 처음 입문하면 담백하고 맑은 맛이 특징인 7542를 기준점으로 잡고, 조금 쓴 맛이 좋은지, 꿀 향이나 꽃향기가 조금 더 나는 것이 좋은지, 조금 더 묵힌 맛이 나는 것이 좋은지 자신의 입맛을 탐색해 보는 것이 좋다. 이런 과정을 지나면 자신의 차 기호를 확실히 알 수 있게 된다.

나 역시 가끔 개성 있는 차들을 마시다가 물릴 때면 7542를 마시곤 한다. 엄청나게 화려하거나 무게감이 있는 것은 아니지만, 가장 기본이 되는 7542를 마시고 있노라면 처음 보이차를 접할 때가 떠오른다. 그러면서 내가 어떤 보이차를 좋아하고 어느 쪽에 치우쳐 보이차를 즐기고 있구나 하고 되돌아 생각해 보는 시간을 가진다.

보이차를 마셔 보고 싶지만 어떤 차를 마셔야 할지 잘 모르겠다면 7542를 추천한다.

강하고 센 보이차계의 에스프레소

하관타차下關沱茶

하관타차下關沱茶(샤관퉈차)는 중국뿐 아니라 한국에도 많이 알려진 보이차다. 명품 보이차의 한 종류로 더 유명하다.

하관타차는 마시는 사람에 따라, 취향에 따라 호불호가 갈릴 수도 있지만, 내 입맛에는 다소 맛이 강한 보이차 중 하나로 느껴진다. 그래서 나는 이 차를 '보이차계의 에스프레소'라고 부른다.

하관타차는 청대 광서제 때인 1902년 현재의 모습을 갖췄다. 이후 명차의 반열에 오르면서 현재까지 많은 이의 사랑을 받고 있다. 윈난 지역 약재인 백약雲南白藥, 윈난의 담배와 더불어 윈난 3대 보물로 불린다.

차의 이름을 풀이해 보면 '하관下關'은 중국말로 샤관으로, 윈난 다리大理에 있는 샤관진下关镇의 지명을 따왔다. 타차는 '타沱(삿갓같이 생긴 모양) 모양의 보이 생차'라는 뜻이다.

하관타차는 청대 말엽부터 융창샹永昌祥, 푸춘허复春和 등 차 상들에 의해 생산되어 쿤밍을 거쳐 쓰촨성 충칭重庆, 쉬푸叙府(지금의 이빈宜宾), 청두成都 등으로 판매가 됐다. 그래서 당시에는 쉬푸차라고도 불렸다.

하관타차는 겉모습부터 다른 보이차와는 상당히 다른 형태를 띠고 있다. 속이 깊이 팬 그릇을 뒤집어 놓은 형태인데 이는 일반적인 보이 병차와 완전히 다른 형태다.

병차는 '떡차'라고도 불리며 둥그런 원반 같은 모양을 하고 있다. 반면 타차는 삿갓 같은 모양으로 가운데가 움푹 팬 게 특징이다. 하관타차를 처음 개발한 융창샹은 단차를 소형화하고 운반의 편의와 후발효를 고려해 현재의 삿갓 모양의 타차를 만들었다고 한다. 이런 형태는 한정된 공간에서 표면적을 최대한 크게 해주고, 움푹 팬 가운데 모양은 통기성을 좋게 해 곰팡이 발생을 방지하는 효과가 있다. 또 공기와 접촉이 원활해 자연

발효를 효과적으로 촉진시킨다. 1902년 완성된 이 혁신적인 디자인은 전통을 계승하면서도 미래 지향적인 콘셉트를 유지해 중국과 해외 차 시장에 큰 영향을 끼쳤다.

하관타차의 창시자는 다리 시저우嵛洲 지역의 상인인 옌쯔전嚴子珍으로 그는 시저우 상인인 양훙춘杨鸿春과 장시성 상인 펑융창彭永昌과 함께 융창상을 만들었다. 하관타차는 생산되자마자 쓰촨, 인도, 티베트, 미얀마 등에서 큰 인기를 얻었고, 이 시기 크고 작은 18개의 차창이 생겨났다. 이 중 규모가 비교적 큰 차창은 융창상과 푸춘허, 마오헝茂恒, 청성成盛, 홍성상洪盛祥 등이었다.

내가 마셨던 타차 중 가장 맛이 인상 깊었던 차는 '송학패松鶴牌'였다. 이 하관타차의 포장지에는 송학이 그려져 있는데 이를 송학패라고 부른다. 송학패는 하관타차의 차장 가운데 가장 이름 있는 융창상에서 만드는 브랜드다. 그러나 문화대혁명을 거치고 현재에 이르러서는 그 의미가 많이 퇴색했다. 진짜 좋은 송학패를 먹기 위해서는 1900년대 초중반에 만든 묵은 차를 찾아야 하는데 이런 차의 가격은 일반인들이 구매하기 어려운 수준으로 비싸다.

하관타차의 특징은 차 맛이 강하고 색깔이 황금색이며 내포성이 강하다는 데 있다. 차의 맛은 뭐랄까. 차를 오래 접하지 않은 사람이 느끼기에는 센 편이다. 내 경우에도 하관타차의 차기茶氣에 약간 눌리는 느낌이 든다고 할 정도로 마시면 정신이 번쩍 든다. 마치 에스프레소를 연거푸 두세 잔들이 마시는 느낌이다.

내가 마셨던 송학패는 2014년에 병입한 차인데 아직 오래 묵지 않아서인지 강한 맛이 더 세게 났다. 마시고 나면 목이 진짜 화할 정도로 힘이 강하게 느껴지는 차였다. 처음엔 엄청 강한 맛이 나지만 두 번, 세 번 우리다 보면 점점 맛이 약해지고, 다섯 번째 우리게 되면 진가를 발휘한다. 강한 맛이 살짝 걷히면서 맑은 기운과 함께 강한 회감이 올라온다. 지금까지의 경험상 쓴맛이 강한 차일수록 회감이 강한데 송학패가 꼭 그랬다. 생차를 즐기는 사람이라면 한 번쯤 맛볼 가치가 있는 차라고 할 수 있다.

4장

인연은 찻잔을 사이에 두고

인연人緣에서 차연茶緣으로

차연에서 인연으로

차를 마시다 보면 필연적으로 사람을 만나게 된다. 차는 홀로 마시는 것도 좋지만 누군가와 함께 마실 때 더 울림이 있다. 차관에 둘러앉아 차우들과 담소를 나누는 순간, 애정하는 사람과 마주 앉아 찻잔을 기울이는 순간은 내가 차를 마시는, 차관 곁을 떠나지 못하는 이유 중 하나이기도 하다.

가만히 앉아 차를 마시고 있으면 차를 통해 알게 된 인연들이 머릿속을 스친다. 그 순간의 분위기, 감정, 이야기, 차향……. 이상하리만큼 선명하게 떠오르는 기억들을 소중하게 음미해 본다.

차를 마시기 시작하면서 좋은 사람들을 많이 만났다. 차연茶緣이 인연人緣이 되기도 했고, 인연이 차연으로 이어지기도 했다. 다시 앞서 했던 질문을 끄집어내 본다.

"왜 차를 마시나요?"

차를 통해 만난 사람들은 이 질문에 대한 좋은 답이 된다.

차를 떠올리면 J 선배 이야기를 빼놓을 수 없다. 이미 아시다시피 내가 차를 배운 첫 선생님이자 차우인 분이다. 알고 지낸 지 일 년 정도 지났을 때쯤 차 강의를 하고 있던 J 선배에게 한 가지 제안을 했다. 여태껏 하던 것처럼 궁금한 게 생길 때마다 차에 관해 중구난방으로 물어보고 답할 게 아니라 우리의 대화를 정리해 초심자들을 위한 '차 가이드북'을 만들어 보면 어떻겠냐는 내용이었다. J 선배는 내 제안을 흔쾌히 승낙했다.

우리는 일주일에 두세 번 만나 차를 나눴다. 내가 차를 마시며 궁금했던 점을 질문하면 J 선배가 답하는 방식으로 우리는 대화를 나눴고 나는 그 대화를 기록했다. 마치 인터뷰 기사를 쓰듯이 대화 내용을 적어 와서 초록抄錄을 만들고 다시 문장을 가다듬었다.

굳이 내용을 정리하자고 제안했던 이유는 당시 차 강의를 하던 J 선배에게 감사의 의미로 초심자를 위한 강의 교재를 만들어 주고 싶어서였다. 차를 마시다 궁금증이 생기면 시도 때도 없이 물어보는 내게 늘 다정하고 상세하게 설명해주는 J 선배에게 뭐라도 해주고 싶은 마음이라고나 할까? 그렇게 우리가 차를 마실 때면 차판 한쪽에는 늘 노트북이 놓이게 됐다.

처음에는 이게 될까? 하는 물음을 안고 시작했지만, 둘의 대화를 기록하다 보니 제법 그럴싸한 교재가 생겨나게 됐다. 먼저 녹차 · 백차 · 황차 · 청차 · 홍차 · 흑차 등 6대 다류를 순서대로 마셔 보고, 이전부터 내가 궁금했던 내용을 J 선배에게 물었다. 나중에는 J 선배가 대화할 주제를 미리 공부해 나에게 설명해주고, 나는 거기에 대해 추가로 궁금한 사항을 질문하고 그 답을 기록했다. 단골 차관인 도연당에서 이야기를 나눌 때면 팽주인 실장님까지 거들었다.

이렇게 두 달 넘게 이어진 교재 만들기 작업은 순조롭게 진행됐다. J 선배와 차를 마신 날에는 집으로 돌아와 대화 내용을 완전한 문장으로 다듬고 또 다듬었다. 차에 관한 두서없는 '티키타카Tiki-Taka'가 이어진 날은 철야를 해야 할 정도였다. 대화속에서 옥석을 가려내야 했기 때문이다.

석 달 동안 이어진 차 수업이 끝나자 A4 용지 10장 분량의 교재가 완성됐다. 너무 딱딱하지 않게 만들려고 농담을 적절하게 섞어 가면서 문장을 매만지느라 애썼던 기억이 아직도 선명하다.

교재를 만드는 경험은 나를 차의 세계로 한 걸음 더 이끌었다. 이때 처음으로 진지하게 책을 써볼까 하는 생각이 들었던 것 같다. J 선배는 실제로 이 교재를 가지고 초심자 강의를 했다. 쉽고 재밌다는 사람들의 반응을 보고 신이 나 백호은침을 우려먹으며 건배(?)를 했던 기억이 새록새록 하다.

뒤에 이 교재는 내 첫 책인 『대륙의 식탁, 베이징을 맛보다』에 실리기도 했다. 물론 윤문을 거쳤지만 될 수 있으면 당시 만들었던 내용과 문장을 그대로 담으려 노력했다. 책에 차 부분이 비교적 적은 편이지만 이 책 덕에 차를 마시기 시작했다는 독자들도 꽤 된다.

그렇게 시작된 차에 관한 글쓰기는 차 에세이로까지 이어졌다. 의기투합해 교재를 만든 우리는 6대 다류에서 조금 더 나아가 명차들을 골라 리뷰하는 작업을 해보기로 했다. 이때는 도연당 실장님까지 힘을 보탰다. 처음에는 차를 배우러 J 선배를 찾아가 사제지간이 됐다가 나중에는 차에 관한 글을 쓰는 동료가 된 것이다.

그 뒤로 몇 년간 일주일에 한 번 이상은 만나 J 선배와 차를 마셨던 것 같다. 좋은 차가 들어오면 J 선배에게 보이고 차 맛이 좋은지 어떤지 함께 품평했다. J 선배도 좋은 차를 구하면 나를 불러 차를 나눴다. 나중에는 가족끼리 만나기도 하고, 차 공부를 하는 날 아이를 맡아줄 사람이 없으면 J 선배네 댁으로 아이들을 데려가기도 했다. 지금 생각하면 참 '전투적'으로 차를 마셨던 시기였다. 아마도 그런 시기가 있었기 때문에 지금처럼 여유 있게 차를 즐기게 됐겠지.

내가 한국으로 돌아온 뒤에도 우리는 차에 관해 종종 이야기를 나눈다. J 선배와 함께 공부한 시간은 내 차 생활에 큰 자양분이 됐다. 지금 내가 차 강연을 하고 차회를 할 수 있는 것은 8할 이상이 J 선배의 공이다.

이렇게 차 책을 쓰고 있으니 2017년 나는 이런 상황을 예상이나 했을까 하는 생각에 잠기게 된다. 아무것도 모르고 그저 열정만 가득하던 천둥벌거숭이가 차 강연을 하다니. 격세지감은 이럴 때 쓰는 말이 아닌가 싶다.

간만에 둘째 대학 입시로 정신없는 나날을 보낸 J 선배에게 연통을 넣어봐야겠다. 잘 지내느냐고, 요즘은 무슨 차를 마시느냐고 물어봐야겠다.

당신에게 차를 권하는 이유

    첫 차 선생님도 잊지 못할 인연이지만, 첫 차 제자 역시 차를 마시며 만나게 된 잊지 못할 사람이다. 나도 차에 대해 제대로 모를 시기, L 대표를 만났다. 베이징에서 만난 L 대표는 나에게 차에 대해 이것저것 묻곤 했다.

    이 인연도 참 신기하다. 당시 나는 두 번째 책인 『중국의 맛』을 집필하기 위해 L 대표의 회사 한쪽을 임대해 쓰던 공저자인 K 대표의 사무실을 자주 방문하곤 했다. 사무실이 서로 잇닿아 있어 쉬는 시간에는 실내건축디자인 일을 하는 L 대표의 사무실에도 자주 놀러 갔다. 아무래도 생소한 맛의 세계를 다루다 보니 집필 회의는 길 때는 두 시간 넘게 이어질 때도 있었다. 이럴 때는 머리를 식힐 무언가가 필요했는데, 그때마다 주위를 환기하려고 L 대표 사무실에 찾아가 한담을 나누거나 커피를 마시곤 했다.

L 대표의 사무실에는 먼지가 수북이 쌓인 채 포장도 뜯지 않은 녹차, 백차, 보이차가 덩그러니 놓여 있었다. 중국에서 이런 광경은 특별한 것이 아니다. 한국에서 온 주재원이나 기업 대표들의 사무실에 가보면 비슷한 광경이 자주 눈에 들어온다. 대부분의 사람들은 차를 선물 받으면 이렇게 쌓아뒀다가 이사 갈 때 처분(?)하거나 다른 누군가에게 다시 선물로 준다. 차는 다구가 없으면 우려먹기가 어렵기도 하고, 막상 큰맘 먹고 우려 보려고 하면 괜스레 번잡스럽기도 해서 선뜻 손이 움직이지 않기 때문이다. 그러다 보면 차는 쌓여 가게 되고, 또 희한하게 차가 쌓이면 차가 더 마시기 싫어지는 것이다. 물론 차를 마시지 않는 사람에 한해서 그렇다는 말이다.

나도 차를 마시기 전에는 상황이 비슷했다. 어딘가에서 받아온 차를 사무실 한쪽 소파에 던져두기도 하고, 심지어 어떤 차는 포장조차 뜯지 않은 채 뒀다가 유통기한이 지나 버리는 일도 자주 있었다.

L 대표와 차 이야기를 처음 나눈 그날도 머리를 식힐 겸 L 대표의 사무실에 놀러 간 날이다. 딱히 다구라고 할 것도 없는 사무실이어서 우리는 주로 회사 1층에 있는 카페에서 커피를 사다 마시곤 했다. 그날도 여느 때처럼 커피를 마시러 가자고 말하려고 응접실 소파에 앉았는데 테이블에 고급 녹차인 안길백차安吉白茶(안지바이차)가 놓여 있는 것이었다. 그것도 청명절 전에 딴 특급 안길백차였다. 일부러 구하려고 해도 좀처럼 구하기 힘든 귀한 차가 왜 차하고는 전혀 관계없는 사람의 사무실에 있는지 의아했다. 혹시나 직접 구한 건가 하고 물었더니 고객사 중 한 곳에서 매년 안길백차를 보내온다고 했다. 안길백차가 재밌는 것은 이름은 백차인데 녹차라는 사실이다.

안길백차를 만지작거리고 있는 나를 보더니 L 대표는 안길백차가 좋은 차냐고 물었다. 나는 안길백차가 사실은 백차가 아니라 녹차이며, 서호용정이 나는 항저우 시후西湖에서 조금 떨어진 타이후太湖 인근에서 나는 귀한 차라고 알려줬다. 그러고는 사람들이 백차와 헷갈려 몇 년씩 묵히기도 하는데, 녹차이기 때문에 그렇게 하면 맛이 떨어지니 선물 받은 해에 다 먹어야 한다고 이런저런 설명을 보탰다.

처음에는 대수롭지 않게 듣던 L 대표가 사무실 캐비닛 안에서 똑같은 모양의 안길백차를 하나 더 꺼냈다. 자기도 주위들은 풍월에 백차는 묵혀도 된다고 생각하고 작년에 받은 것을 한 번도 먹지 않고 잘 넣어뒀다고 했다. 이 대화가 재미있었던지 그날 이후 우리는 종종 차에 관한 이야기를 나눴다. L 대표는 내가 사무실에 찾아올 때마다 차에 관해 물었고 나는 차 이야기를 들려줬다. 그리고 커피 대신 휴대용 다구를 들고 와 사무실에 있는 차를 우려 함께 마셨다.

L 대표를 보면서 나는 차를 처음 마시던 때의 내 모습을 떠올리곤 했다. 궁금한 것도 많고, 막상 설명하면 듣기 귀찮아하면서도 한편으로는 더 알고 싶어 하기도 하고, 하나를 알면 뒤에 알아야 할 것이 산처럼 쌓여 있다는 것을 발견해 좌절하던 그 시절. 시간이 날 때마다 L 대표에게 차에 관해 설명하고, 차를 어떻게 우리는지도 가르쳐줬다. 차우들이 그랬던 것처럼 차호와 다구도 선물했다. 남에게 처음 차를 가르치는 일이라 서툴기도 했지만, L 대표가 물어오는 것은 될 수 있으면 정확히 알아보고 자세하게 가르쳐 주려고 노력했다. 그러다 보니 J 선배가 내게 그랬던 것처럼 나도 어느새 차 선생님이 되어 있었다.

처음 J 선배에게 차를 배울 때 '이 선배에게는 귀찮고 번거로운 일일 텐데 참 다정스럽게도 가르쳐 주시네.' 하고 생각한

적이 있다. 그런데 내가 그 입장이 되어 보니 비로소 이해가 갔다. 귀찮기는커녕 잘 따라오기만 하는 L 대표를 보면 내가 더 신이 났다. 그리고 차라는 선물을 꼭 L 대표에게 해주고 싶었다.

L 대표는 늘 바빴다. 일이 있을 때는 일을 하느라 바빴고 일이 없을 때는 노느라 바빴다. 그는 늘상 잠이 부족하다고 투덜대면서도 일단 일이 시작되면 워커홀릭처럼 미친 듯이 일을 해댔다. 그가 일하는 모양새를 보고 있노라면 '일을 했다'기 보다 '일을 해댔다'라는 표현이 더 어울린다. 부족한 잠은 커피로 쫓고 쌓인 스트레스는 술로 푸는 생활의 반복. 차를 알기 전 나를 보는 것 같았다. 그래서일까? 저 사람한테 삶의 쉼표가 될 차를 꼭 알려주고 싶다는 생각이 들었던 것 같다.

J 선배도 나를 처음 보았을 때 아마 비슷한 심정이었을 것이다. 다인들은 다들 이런 마음으로 주변 사람에게 차를 권한다. '차라는 게 이렇게나 좋은데 저 사람이 꼭 좀 마셨으면 좋겠다.' 하는 마음 말이다. 내가 차 강연을 하고 차회를 여는 이유도 여기에 있다. 차회에 온 사람들 중 일부는 어떻게 쉬어야 할지, 어떻게 안정을 찾아야 할지 모르는 사람들이다. 만약 L 대표가 없었다면 내가 차회나 강연을 하겠다는 생각을 하지 않았을 수도

있다. L 대표와 차를 마시고 그에게 차를 가르쳐주는 시간은 나에게도 큰 공부가 됐다.

그 뒤로도 종종 L 대표에게 다구도 선물하고 좋은 차가 들어오면 함께 나눠 마시기도 했다. 그러면서 L 대표도 점점 차에 눈뜨기 시작했다. 몇 달이 지나자 숙차와 생차의 맛을 구분하기 시작하고, 6대 다류가 무엇인지도 대충 감을 잡아갔다. L 대표는 직업상 대외 행사에도 자주 참여해서인지 좋은 차를 선물로 많이 받아왔고 나는 그것들을 조금씩 얻어다가 맛을 보기도 했다.

그렇게 1년 정도 됐을까. L 대표는 이제 제법 차도 잘 우리고 좋은 차와 나쁜 차를 구별할 정도로 입맛도 좋아졌다. 차를 함께 마시면서 늘 밝기만 한 L 대표의 고민과 속 이야기도 많이 들을 수 있었다. 차를 함께 마시면 좋은 친구가 될 수밖에 없다는 말을 L 대표를 통해 깨닫게 된 것이다. L 대표는 이제 내가 없이도 혼자 차를 즐길 수 있게 됐고 술을 마신 다음 날은 보이차로 해장하는 경지(?)에까지 올라섰다.

어느 날 L 대표에게서 문자 한 통이 날라왔다.
'덕분에 담배를 피우고 나서 차를 한 잔 마시면 입이 개운

해져 또 담배를 피우게 되는 무한루프에 빠지게 됐다.'

나는 답을 보내주었다.

'밥을 먹고 차를 마시면 속이 개운해져 또 밥을 먹게 되는 무한루프에 빠진 지 오래다.'

춘설차春雪茶와 허달재 선생님

차연으로 맺어진 인연이 신기한 것은 인연이 다시 인연을 낳고, 그 인연이 또다시 다른 인연으로 이어진다는 것이다.

중국 베이징에서 공항 취재로 한창 바쁠 때였다. 내 기억으로는 일주일에 4~5일은 공항에서 살다시피 했던 것 같다. 공항은 시내 외곽에 있었는데 취재가 끝나면 공항에서 한 시간도 더 걸리는 회사로 다시 돌아가기도 애매하고 기사 마감도 해야 해서 공항 근처 예술구인 베이징 798예술구 안 카페에 자주 갔다. 그림을 좋아해서 기사를 마감해 놓고 798예술구에서 하는 전시란 전시는 다 보러 다녔다. 작가들의 영혼을 갈아 넣은 작품을 보고 있으면 공항에서 탈탈 털린 내 영혼이 채워지는 기분이 들었다.

카페에서 마감을 마치고 전시를 본 뒤에 꼭 찾는 곳이 있었다. 술자리에서 우연히 알게 된 사진작가인 K 작가의 사무실이었다. K 작가의 사무실에 가면 언제나 차가 있었다. 어떤 날은 홍차, 어느 날은 보이차, 또 때로는 녹차. K 작가는 불쑥불쑥 찾아가는 나에게 늘 차를 내줬다. 맛있게 마실 수 있는 차가 있다는 이유도 있었지만, K 작가의 사무실에 내가 좋아하는 그림이 걸려 있다는 점도 내가 그의 사무실을 찾아가는 또 다른 이유였다. 그림은 의재毅齋 허백련許百鍊(1891~1977) 선생의 직계 제자이자 손자인 직헌直軒 허달재許達哉 선생님의 목단과 매화 작품이었다.

K 작가 사무실에서 차를 마시며 허 선생님의 그림을 감상하고 있으면 마음이 고요해졌다. 특별한 주제도 없이 이런저런 이야기를 나누다가 잠시 눈을 돌리면 그곳에 걸려 있는 허 선생님의 그림이 나의 시선을 받아주었다. 차와 그림의 조화라……. 지금 생각해 보니 공항 일은 상당히 힘들었지만 그와 달리 나름대로 호강하던 시절이 아니었나 싶다.

베이징에 작업실을 두고 종종 작업하러 오신다는 허 선생님

은 K 작가의 인생 멘토였다. K 작가와 알고 지낸 지 서너 달이
지났을까. K 작가에게서 허 선생님이 베이징에 오셨다는 연락
이 왔다. 좋아하는 작품의 작가를 직접 만나는 경험은 그때가
처음이었다.

허 선생님의 연세는 우리 아버지와 같았다. 허허허 하고 웃
는 인자한 웃음이 트레이드 마크인 허 선생님은 근래 보기 드
문 진짜 어른이셨다. 나는 베이징에서 교통편이 여의찮던 허
선생님을 위해 운전을 해드리기도 하면서 여기저기 일정을 따
라다녔다.

왕핑 선생도 그때 허 선생님을 따라갔다가 뵙게 된 분이다.
K 작가와의 차연이 허 선생님을 만나게 해주었고, 또 왕핑 선
생으로까지 이어진 것이 이제 와 생각하면 신기하다.

허 선생님은 그 뒤로도 이따금 베이징에 오셨다. 아니 일 년
중 많은 시간을 베이징에서 지내셨다. 그렇게 친분이 쌓이면서
허 선생님은 나에게도 인생 멘토가 됐다.

허 선생님과 인연 중 신기한 것은 차였다. K 작가의 사무실
에는 가끔 마시던 어린싹으로만 만든 녹차가 있었다. 나중에
알게 된 사실인데 이 차는 의재 선생이 광주 무등산에 만든 차
밭에서 나는 춘설차였다. 유명 기업의 브랜드인 설록차의 '설'

자가 이 춘설차에서 따갔을 정도로 춘설차는 수준이 아주 높다. 허 선생님은 할아버지가 일군 차밭을 이어받아 지금도 무등산 차밭에서 차를 직접 만들고 계신다.

K 작가는 춘설차를 좀 독특하게 내렸다. 거름망에 찻잎을 두고 물을 여러 차례 투과시켜 차를 내리는 것이 중국의 포차법과는 전혀 달랐다. 다른 차는 그렇게 내리지 않았지만 춘설차는 꼭 그렇게 내렸다. 나중에 한국에 돌아와 허 선생님을 뵈러 광주 작업실을 찾았을 때 K 작가가 차를 왜 그렇게 우렸는지 그 이유를 알 수 있었다. 허 선생님이 춘설차를 K 작가처럼 우리고 계셨다. 거름망에 찻잎을 담고 여러 번 찻물을 반복해서 투과시켰다. K 작가가 허 선생님을 따라 그리한 것임을 유추할 수 있었다. 등급이 높은 춘설차는 잎이 너무 여리기 때문에 물을 붓고 조금만 시간을 지체해도 최상의 맛이 나지 않을 수 있다. 그래서 물에 완전히 담가 포차하지 않고 물을 투과시켜 우려 내야 더 좋은 맛이 난다. K 작가에게 이유를 묻지 않았지만 내가 마셔보니 그랬다.

언젠가 나는 춘설차에 대해 '한국 차의 자존심'이라고 표현한 적이 있다. 그만큼 중국 어떤 녹차에도 밀리지 않는 차품과 깨끗하고 정갈한 맛을 지니고 있다. 가만히 생각하면 춘설차는 허 선생님의 모습과 닮은 차다. 허 선생님을 뵈면 마음이 평안해지는 것처럼 춘설차를 마시고 있으면 마음이 고요해진다. 춘설차는 내게 그런 차다.

봄에 햇차가 나오면 허 선생님은 차를 보내오신다. 한국에 돌아온 뒤로 작업실을 찾아가면 차도 내려 주시고 다구도 내어 주신다. 차가 내게 준 선물 같은 인연이다. 나는 요즘도 가끔 마음이 허하거나 복잡한 문제가 생기면 허 선생님의 광주 작업실을 찾아간다. 찾아가 춘설차 몇 잔을 얻어 마시며 이야기를 듣고, 작업하시는 모습을 보다가 전주로 돌아온다. 그렇게 응어리진 마음을 가라앉히고 다시 일상으로 돌아갈 힘을 얻는다.

차가 차연을 만들어주고, 차연은 인연이 되고, 그 인연 때문에 인생은 더욱 풍성해진다.

차로 이어진 산둥山東의 친구들

　중국에서 차는 한국에서 차가 받은 대접과는 조금 다른 대접을 받는다. 약간은 막 대한다는 느낌이라고나 할까? 이유는 잘 모르겠다. 그냥 느낌이 그렇다는 것이다. 어쩌면 너무 흔해서 그런 것일 수도 있겠다는 생각을 해본다.

　중국인들은 음식을 먹을 때와 술을 마실 때면 늘 차를 곁들여 마신다. 중요한 미팅이나 회의에도 늘상 차가 함께 한다. 국가지도자들이 인민대회당에서 행사를 할 때도 책상 위에는 찻잔이 당연하게 놓일 정도로 차는 중국인의 생활에는 없어서는 안 될 존재다.

중국인들은 한국에서 인기가 좋은 보이차를 마시기도 하지만 주로 녹차나 홍차, 우롱차를 즐겨 마시는 것 같다. 대학교 캠퍼스에서도 큰 통에 우롱차를 우려서 다니는 학생들을 볼 수 있다. 재밌는 것은 중국인들의 평균보다 내가 차를 더 많이 마신다는 점이다. 물론 업으로 삼아 마시고, 공부한다고 마시고, 일하면서 마시니 그런 것일 테다. 그러다 보니 중국 친구들 사이에서 나는 '차를 많이 마시는 사람'이라는 인식이 생겼다.

그런데 이게 은근히 좋은 점이 많다. 중국 친구들은 어디선가 차 선물이 들어오면 나부터 먼저 찾는다. 찾아와 좋은 차인지 물어보기도 하고, 그냥 외국인이 마셨을 때 느낌이 어떤지 묻기도 한다. 용무가 끝나면 차를 조금 덜어 두고 간다. 그래서 베이징 지사에 있던 내 사무실에는 늘 차가 많았다. 차가 유명한 지역에 놀러 가서 그 지역 차를 보고 내 생각에 한 통 사 들고 왔다는 친구부터 자신의 집에서 오래된 할아버지 차를 발견했으니 마시러 오라는 친구까지, 중국 친구들의 애정이 나의 차 경험을 몇 배나 더 확장해 준 셈이다. 그중에서도 기억이 나는 친구들이 있다. 바로 산둥 친구들이다.

산둥山東 성은 중국에서도 손님을 환대하기로 유명한 지역이다. 산둥에는 7, 80년대 한국 농촌 스타일의 환대 문화가 있다. 중국과 관련한 일을 하거나 중국에서 사업을 하는 사람이라면 산둥 친구를 찾아갔다가 술로 과격한 환대를 받고 다음 날 일정을 통째로 날리는 경험을 해봤을 것이다. 그 정도로 산둥 사람들은 사람 사귀기를 좋아하고 의리가 강하다.

내가 자주 만났던 산둥 친구들은 지난濟南에 있는 산둥대학교 소속 연구원들이었다. 타사 베이징 특파원이었던 K 선배의 소개로 알게 된 사람들인데 맏형인 W 선생과 U 박사, L 박사 이렇게 셋이 팀을 꾸려 베이징을 오갔다. 정부에서 과제를 받기도 하고 한국 관련 일도 하던 친구들이라 베이징에 출장을 오면 꼭 얼굴이라도 비치고 갔다. W 선생은 업무가 많아 베이징에 직접 못 올 때면 U 박사를 통해 선물을 보내곤 했는데, 내가 차를 좋아하니 아무래도 차 선물이 많았다.

산둥은 녹차가 유명하지만, 친구들은 어떤 날은 대만 아리산 우룽차를 가져오기도 하고, 가끔은 보이차를 좋아하는 나를 생각해 보이 생차를 가져오기도 했다. 차를 가져오면 그 자리에서 터서 같이 맛을 보고 이야기를 나눴다. 나도 좋은 차가 들어오면 뒀다가 U 박사 손에 들려 W 선생에게 차를 보냈다. 나중에 들은 이야기지만 산둥 친구들은 중국인보다 차를 더 좋아하는 내 모습에 큰 호감을 느꼈다고 했다. 차 이야기만 하면 시간 가는 줄 모르게 수다를 떨고, 귀한 차를 구했다며 조심스럽게 꺼내 주는 내 모습이 재밌기도 하고 신기하기도 했다나. 하기야 나 같아도 한국에 사는 외국인 친구가 귀한 김치를 얻었다며 김치를 보내주면 재밌을 것 같긴 하다.

그렇게 맺은 인연이 벌써 5년이 넘었다. 차보다는 술을 좋아하던 친구들이라 내가 차 이야기를 시작하면 "간베이干杯! 간베이干杯!"를 외치며 입을 막고 술을 재촉하던 모습이 아직도 눈에 선하다.

한국에 돌아온 뒤에도 계속 연락을 하고 지내는 산둥 친구들. 이 친구들이 떠오를 때면 항상 차가 생각난다. 건강이 좋지 않다는 말에 지난에서 기차를 타고 한달음에 달려와 준 의리파 친구들. 귀임하는 나를 위해 격리도 마다치 않고 코로나를 뚫고 베이징으로 와 준 사람들. 오늘따라 유난히 많이 보고 싶다.

차는 내게 어떤 인연을 만들어 줄까?

한국으로 돌아와 가장 난감하고 어려웠던 것이 차관을 찾는 일이었다. 중국에서는 늘 다니던 도연당이 있었지만 한국에도 이런 곳이 있을까 싶었다. 사실 어느 정도는 포기하고 집 거실에 차 테이블을 마련해 놓았던 참이었다. 내 우려는 생각보다 쉽게 사라졌다. 귀국한 지 며칠 지나지 않았을 때 SNS 메신저로 메시지가 왔다. '시간이 되면 우리 차예관에 와서 차 마시고 가세요.' 하는 짧은 메시지였다. 한 번도 본 적이 없는 사람의 연락이라 약간은 경계심이 들었지만, '찻집' 대신 '차예관'이라는 단어를 쓴 것에 마음이 끌렸다.

마침 귀국 후 몸이 안 좋아 쉬고 있던 터라 날짜를 정하고

차예관이라는 곳을 찾아갔다. 약간은 기대가 되긴 했지만 '그래도 중국에서 다니던 차관 같기야 하겠어?' 하고 생각하며 내심 큰 기대는 하지 않았다. 그렇게 지유명차 전주혁신점에 첫발을 들이게 됐고, 이후 그곳은 내 단골 차관이 됐다.

내게 메시지를 보낸 사람은 이 차예관의 주인이자 팽주인 Y 대표였다. Y 대표는 내가 너무 지쳐 보여 차를 권하고 싶어 불렀다고 했다. 당시 회사 일로 머리가 복잡하고 건강도 악화했던 때라 차관이 집 주변에 있다는 것만으로 큰 위안이 됐다.

그렇게 첫인사를 나눈 뒤 집에서 휴양하는 동안 나는 거의 매일 차관에 갔다. 발길이 이어진 데는 Y 대표의 환대도 있었지만 차예관 자체가 너무 좋아서였다. 나무와 화초가 많은 차예관 내부도 좋았고 그림이 많은 것도 마음에 들었다. 특별히 무슨 일을 하지 않고 차관에 앉아 있기만 해도 머릿속 잡생각이 깨끗하게 사라졌다. 작은 798예술구라고 할까. 팽주인 Y 대표가 내려 주는 보이차 맛은 몸의 긴장을 풀어주었다. 다시 베이징에 나가기 전까지 8개월 동안 문턱이 닳게 차관을 오갔다. 가서 Y 대표와 수다를 떨기도 하고 차관에 걸린 그림을 감상하기도 하고 새로운 차가 나오면 품차를 해보기도 했다. 심신이 지친 나에게는 완벽한 힐링의 공간이었다.

차예관을 다니다가 문득 처음 차를 마시고 J 선배와 차 공부를 하던 때가 생각났다. 중국에서 차를 배운 나와 한국에서 차를 배운 Y 대표가 무언가 할 수 있지 않을까? 이런 이야기를 나누다가 우리는 자연스럽게 차 스터디를 꾸려 보자는 작당 모의를 하게 됐다. 차를 좋아하는 멤버를 모으고 교재를 정해 매주 한 차례씩 주제를 잡아 공부를 시작했다. Y 대표가 운영하는 초급반 수업을 골자로 삼고 여기에 중국에서 내가 경험했던 중국차에 대한 이야기를 곁들였다.

차 스터디는 꽤 흥미로웠다. 한국에서 차를 보는 시각과 중국에서 차를 보는 시각이 다르고, 홍콩과 대만의 시각도 다르다는 것을 스터디를 하며 알 수 있었다. 이 책의 내용 중 상당 부분이 이곳에서 언급되고 정리됐다. 만약 그때 Y 대표가 메시지를 보내지 않았다면, 또 내가 메시지를 무시했다면 지금처럼 차와 관련된 책을 쓰고 강연을 하고 차회를 여는 일도 없었을 것이다. 이렇게 생각하니 차는 단 한 번도 나에게 해가 됐던 적이 없다. 늘 좋은 인연을 만들어 주고 몸을 이롭게 하고 마음을 위로해 줬다.

일 년 만에 몸이 또 안 좋아져 다시 한국에 들어온 뒤에도 나는 차예관을 자주 찾는다. 차예관에 오는 사람들과 세상 돌아가는 이야기를 나누기도 하고 실없는 농담을 하기도 한다. 그리고 다른 손님들과 차에 관한 이런저런 이야기도 나눈다. 팽주 앞에 놓인 긴 테이블 끝자락에 앉아 입구로 난 통유리 창으로 들어오는 햇볕을 쬐기도 하고 마셜 스피커에서 흘러나오는 클래식에 귀를 기울이기도 한다. 기사가 잘 안 써질 때는 차예관 한쪽에 마련된 테이블에 노트북을 펴 놓고 생각을 정리한다. 마감을 마치면 홀가분한 마음으로 자사호와 찻잔을 구경하며 망중한을 즐긴다. 중국의 차관과는 또 다른 매력을 가진 차예관이다.

생각해 보니 『중국의 맛』 원고도 이 차예관에서 마무리를 지었다. 출간을 포기할 뻔한 『중국의 맛』 원고를 다시 주워섬겨 준 K 선생님도 이 차예관에서 만났다. 첫 차회도 이곳에서 열었다. 그리고 이 책의 많은 챕터를 이 차관에서 집필했다. 어떻게 보면 다인으로서 걸어갈 새로운 길을 이 차예관에서 계획하고 실행한 셈이다.

오늘도 차예관에서 차를 마신다. 차는 나에게 또 어떤 인연을 만들어 줄 것인가, 설레는 상상을 하면서.

차를 대하는 마음으로

　사적으로 또 공식적으로 여러 번 차회茶會를 했지만 아직도 차회를 여는 내 모습이 어색하기만 하다. Y 대표와 고민 끝에 첫 차회를 열었을 때 무언가 오묘한 감정이 교차했다. 이틀간 40명이 넘는 사람들이 차회를 다녀갔다. 준비 과정은 힘들었지만, 그만큼 강렬한 기억으로 남아있다.

　첫 차회를 연 뒤로 차회를 계속 열어야겠다고 생각했는데 이는 무엇보다 차회에서 만나는 사람들이 좋았기 때문이다. 위로가 필요해 보이는 사람, 차가 궁금한 사람, 이제 차를 제대로 시작해 볼까 하고 결연한 표정으로 눈을 맞추는 사람…… 그들 모두가 차가 연결해 준 소중한 인연들이다.

인연은 찻잔을 사이에 두고

차회를 언제까지 계속할지는 모르겠다. 아마도 차회에 오는 사람이 더는 없을 때까지 하지 않을까? 그만큼 차회는 지금의 내 생활에 큰 부분을 차지하고 있고 내 인생의 활력소가 됐다.

차를 마시며 차회에 대해서 가만히 생각해 본다. J 선배나 L 대표같이 개인적으로 맺어진 차연도 좋다. 그런데 차는 마시면 마실수록 차가 좋다는 것을 더 널리 알리고 싶은 욕심을 들게 한다. 아마도 이 욕심이 내가 차회를 여는 동인이 아닐까 싶다. 남들 눈에는 광신도의 전도처럼 보일지도 모르겠지만 나는 그저 조금 더 많은 사람이 차에 대해 알았으면 그리고 즐겼으면 하는 마음이 크다. 사람들은 이런 내 진심을 알아줄까? 이렇게 써놓고 보니 더 광신도처럼 보인다. 잡념이 꼬리에 꼬리를 물고 이어진다.
　지금까지 여러 차례 차회를 열었고 많은 사람들이 다녀갔다. 아직도 차회에 왔던 그들의 얼굴을 하나하나 다 기억하고 있다. 차를 마실 때 어떤 표정이었는지, 어떤 기분이었는지 세세하게 기억하고 있다.

차회에는 처음 차를 마셔보는 사람부터 이미 수년간 차를 마셔온 다인까지 다양한 사람이 참여한다. 그래서 차 리스트

역시 초심자들이 즐길 수 있는 차부터 오래 차를 마신 사람도 흥미를 느낄 수 있는 차까지 폭넓게 준비해야 한다. 이 또한 세심한 주의를 요구하는 작업이다.

남을 위해 차를 준비한다는 게 힘든 일이기도 하지만, 한편으로 나에게는 축복 같은 일이기도 하다. 늘 손님이 앉는 차판 앞쪽에 앉아 편히 차를 마시다가 차판 건너편 팽주 자리에 앉아 차를 마시러 온 사람들에게 차를 내주는 것은 확연히 느낌이 다르다. 내린 차를 조심스레 들어서 건네면 마시는 사람들의 얼굴 표정에서 기대감과 호기심, 차의 맛을 세심하게 느끼려 집중하는 미간의 찡그림 등을 읽을 수 있다. 그간 찻집을 드나들면서도 차에 집중하지 못했던 사람들이 차회에 와서는 온전히 차를 느끼기 위해 노력한다. 사람들이 차에 집중하고 즐기는 모습 그 자체가 차회에서 가장 감동적인 장면으로 남는다.

차회를 하다 보면 차를 막 시작했을 때의 내 모습이 떠오른다. 차를 우려 마시면서 이 차가 어떤 차인지 맞혀 보고, 맛을 기억하려 애쓰고, 좋은 차가 있으면 어디든 한걸음에 달려가 맛보려던 그 시절의 내 모습. 돌이켜 보니 이 차가 숙차인지 생차인지, 어떤 지역의 차인지, 어떤 레시피를 가진 차인지 맞추려는 마음이 앞섰던 그때가 오히려 지금보다 차를 제대로 느끼지 못했던 것 같다. 차를 느끼고 음미하기보다는 지식을 채우기에 급급했던 시절이었다. 제대로 만들어진 차라면 어떤 차든 차마다 고유의 맛과 향이 있다는 사실, 그 차의 맛은 차를 만든 사람의 노력이 만들어 낸 산물이라는 사실을 차회를 하면서 새삼 느낀다.

요즘 차를 마시며 이런 생각을 자주 한다. 내가 이 차 한 잔을 마시기 위해서는 윈난의 수백 년 된 차나무가 잎을 틔우고, 윈난의 농부가 잎을 따고, 누군가가 차창에서 차를 빚어야 한다. 윈난이든 다른 외지든 어느 창고에서 수십 년 동안 차가 익혀져서 한국으로 들어오고, 누군가의 손으로 우려져 지금 내 앞에 놓이게 된 차 한 잔. 찻잔을 보면 겸허한 마음이 들면서 지금 내가 하고 있는 우려와 걱정, 내가 겪었던 좌절은 아무것도 아닌 것이 된다. 찻잔을 한참 동안 바라보다 조심스럽게 찻잔을 들어 한 모금 차를 마시면 우주 속 먼지 같은 존재인 나의 호승심好勝心은 사그라지고 조금 더 느긋하고 편한 시선과 마음으로 세상을 바라보아야겠다는 생각이 따라온다. 이렇게 차를 마시다 보면 어느새 심신을 조금 더 편히 여기고 내려놓을 수 있는 날이 오겠지.

차를 즐기는 사람들이 이런 마음으로 차를 대했으면 한다. 이 마음은 참으로 간절하다. 앞으로 언제까지 차회를 열게 될지 모르겠지만 차회에서 만나는 사람들이 행복한 차 생활을 하기를 소망해 본다. 그중 누군가는 차 선생님이 되어 더 많은 다인들을 만나고, 그들은 다시 차회를 열어 또다시 누군가의 차 선생님이 되지 않을까? 이런 행복한 상상을 하며 찻잔을 든다.

중국차에 뒤지지 않는 한국차의 자존심

춘설차春雪茶

중국에 있다 보면 주로 중국차를 마시기 마련이다. 중국차는 워낙 종류가 많기도 한 데다가 일단 맛도 좋다. 한국차를 마시고 싶지만 중국에서는 일본차나 대만차만큼 한국차를 찾기가 쉽지 않다. 그런 중에도 꼭 챙겨 먹던 한국차가 있다. 무등산에서 유기농 방식으로 재배되는 춘설차春雪茶다.

무등산 자락에 가면 '이런 곳에 이런 차밭이 있었구나!' 하고 놀라게 되는 드넓은 차밭이 있다. 보성이나 제주도의 차밭만 보아 온 한국 사람에겐 웬 산 중턱에 차밭이 있나 싶겠지만 명차 산지는 대부분 푸젠성 우이산, 대만 아리산 같은 고산지대에 있다. 무등산의 해발 600m 지점에 있는 이 차밭에서 나는 차가 바로 춘설차다. 무등산 국립공원 안 의재미술관 뒤편으로 난 오솔길을 따라가 보면 춘설차가 나는 차밭을 직접 볼 수 있다.

춘설차는 1946년 남종화의 대가인 의재 허백련 선생이 농촌부흥 운동의 일환으로 일본 강점기에 만들어진 차밭을 인수해 일군 차밭에서 나는 차다. 의재 선생은 한국 고유의 다례茶禮를 전하기 위해 차밭을 인수해 삼애다원三愛茶園이란 다원을 만들었다고 한다. 우리가 많이 아는 태평양 그룹의 '설록차'가 바로 이 춘설차에서 이름을 따 지은 것이다.

삼애다원의 차밭은 일본 강점기에 만들어진 다른 차밭과는 큰 차이점이 있다. 보통의 차밭이 일본에서 차나무를 가져와 심은 것과 달리 삼애다원은 무등산에 있는 절인 증심사證心寺의 차나무를 가져 와 심어 차밭을 조성했다. 증심사에서는 수행하는 스님들이 오래전부터 차를 마셔왔다고 전해진다.

삼애다원의 특징은 바로 야생성이다. 이것이 무슨 말이냐면, 잘 가꿔진 차나무에서 채엽해 차를 만드는 것이 아니라 그냥 산 중턱에 자생하는 차나무의 찻잎을 이용한다는 것이다.

의재 선생님의 손자인 허달재 선생님이 지금은 삼애다원을 관리하신다. 가끔 허 선생님을 뵙고 이야기를 나눌 때면 춘설차에 관해서 묻곤 했는데, 한 번은 차 이야기를 하다가 삼애다원의 차나무들을 어떻게 관리하느냐고 물어본 적이 있다. 허 선생님은 "관리할 사람이 없어서 그냥 둔다"며 심플하게 답하셨다.

허 선생님이 가져다주신 햇차를 마셔봤는데 중국차 중에서도 상당히 고급차와 견줄 수 있을 정도로 차 맛이 좋았다. 춘설차는 녹차와 홍차 두 종류를 판매하고 있다. 두 가지 모두 맛이 최상급 차라고 해도 손색이 없을 정도로 좋다. 춘설차는 최고급 라인인 '무등특선'부터 티백까지 총 5가지 등급이 있고, 그중 고급라인은 40g에 12만 원으로 상당히 고가다. 물론 만드는 과정을 생각하면 가격이 센 편은 아니다. 차를 마셔 보면 그만한 돈을 지불할 가치가 있다고 느낄 것이다. 그렇지만 허 선생님은 갈수록 인력 수급 문제도 심해지고 해서 최고 등급의 춘설차는 만들지 않을 계획이라고 하신다.

춘설차의 맛을 중국차와 굳이 비교하자면 바싹 덖은 서호용정보다는 덜 구수하고, 산동의 녹차보다는 조금 더 고소한 맛이 난다. 마시면 곧바로 향긋한 차향이 입 안에 싸악 감돌고 그 뒤로도 오래오래 은은한 향이 유지된다. 전체적으로 맑다는 느낌이 강하고 진한 중국 녹차보다는 목 넘김이 훨씬 부드럽다. 대신 뒷심이 강해서 은은한 향이 길게 입안에 남아 있다. 또 차를 다 우리고 남은 찻잎을 집어 먹어도 될 정도로 찻잎이 깨끗하고 정갈하다. 실제로 다 우린 찻잎을 씹어보면 구수한 향이 계속해서 올라온다. 솔직히 말해 한국에서 마셨던 다른 녹차들하고는 차원이 다르다고 할까.

찻잎을 다 우리고 보면 춘설차가 왜 야생 녹차인지 알 수 있다. 잎이 깨끗하고 정갈하긴 한데 곱상한 것이 아니라 그냥 자연 그대로 둬서 얼룩얼룩한 흔적이 잎에 그대로 남아 있다. 혹시 국산 차에 관심이 있다면 세계 어디에 내놓아도 자랑스러운 춘설차를 마셔 보길 바란다.

보이차계의 싱글몰트

단주차單株茶

　　요즘 한국에서도 위스키에 대한 관심이 커지고 있다. 남녀노소를 막론하고 즐기는 분위기다. 이제 위스키는 상식과 교양의 영역으로 넘어가는 듯하다. 열풍을 넘어서 누구나 하나쯤은 자신이 좋아하는 위스키 이름을 댈 수 있을 만큼 대중화 단계의 초입에 서 있는 것처럼 보인다. 특히 위스키 중에서도 조니워커나 밸런타인, 로열 살루트 같은 블렌디드 위스키가 아닌 개성이 독특한 싱글몰트 위스키의 인기는 더욱 치솟고 있다.

　　최근 불고 있는 위스키의 이런 열풍을 보면서 문득 이렇게

생각해 보았다. 식음食飮이라는 것이 프랜차이즈와 같은 대중성이 주를 이루는 시기가 지나면 소비자가 각자의 입맛을 찾는 단계로 진화하는 것이 당연한 수순이구나. 이 과정은 자연스러운 것이어서 특별할 것은 없다. 최근 내추럴 와인이 인기를 끌고 있는 이유도 이와 비슷하다고 생각한다.

요즘 유행하는 싱글몰트 위스키를 보면서 떠오르는 차가 있다. 사실 차라기보다는 특정 장르라고 해야 할까? 그 차는 바로 단주차單株茶다.

한자에서 유추해 볼 수 있듯 단주차는 한 그루의 나무에서 잎을 따서 만든 차다. 우롱차나 보이차처럼 차 종류를 말하는 것이 아니라 차를 만드는 방식, 특히 찻잎을 어떻게 마련했느냐에 따라 단주차라는 이름이 붙는다.

단주차는 싱글몰트 위스키와 개념이 비슷하다. 하나의 나무에서 잎을 따 차를 만들기 때문에 그 특성이 명확하게 드러나고 맛 또한 개성이 강하다.

단주차의 반대되는 개념은 병배차倂配茶다. 말 그대로 여러 지역, 여러 시기, 여러 나무에서 나는 찻잎을 블렌딩한 차다. 병배차는 맛이 안정적이라는 장점이 있긴 하지만 개성이 도드라지지는 않는다는 단점이 있다.

단주차하면 보이차가 유명하지만 우롱차 중에서도 앞서 소개한 봉황단총은 단주차 같이 한 그루의 나무에서 딴 찻잎으로 만든다. 우롱차는 단주차라는 명칭 대신 단총單枞이라는 단어를 사용해 자신의 정체성을 표시한다.

이 단주차는 싱글몰트와 마찬가지로 하나의 디스틸러리distillery 원액, 즉 한 나무에서 잎을 따서 만들기 때문에 개성이 강하다. 개성을 드러나게 해주는 것은 테루아terroir인데, 이 잎 저 잎 섞이지 않기 때문에 그 나무가 자란 테루아를 그대로 담아낼 수 있는 것이다.

단주차는 보통 병배차보다 가격이 비싸다. 한 나무에서 찻잎을 따서 만들기 때문에 양도 적다. 명품이나 운동화, 시계, 술 콜렉터들을 두근대게 하는 한정판 같다고 할까? 이런 점도 싱글몰트 위스키와 꽤 닮은 점이다.

단주차가 좋은 점은 마셨을 때 차가 난 지역의 테루아가 고스란히 드러나 차의 특성을 바로 알 수 있다는 데 있다. 또 한 나무에서 찻잎을 채엽해 단주차를 만들려면 아무래도 찻잎이 많은 고령수일 가능성이 큰데, 그래서 단주차는 대개 고수차인 경우가 많다. 이런 특징 덕에 차 맛이 깊고 향이 은은하고 부드러우며 자극적이지 않다.

단주차 맛을 알게 되면 그 매력에서 빠져나오기가 쉽지 않다고 하니 싱글몰트 위스키와 이 점도 상당히 비슷하다. 그렇다고 무조건 단주차가 병배차보다 맛있다는 것은 아니다.

나도 한참 싱글몰트 위스키에 빠져 블렌디드 위스키를 거들떠보지도 않던 시기가 있었다. 그러던 차에 지인과 함께 전주의 유명 바인 진주도가에 가서 조니 워커 블루라벨을 마셔본 뒤 깜짝 놀랐다. 개성 있고 퓨어한 싱글몰트 위스키도 맛이 좋았지만 블렌디드 위스키 특유의 균형 잡힌 맛도 상당히 매력적으로 다가왔기 때문이다. 내심 블렌디드 위스키를 무시하고 있던 자신이 부끄러워지는 순간이었다.

단주차와 병배차 역시 그렇다. 차 세계에서 병배의 목적은 여러 가지다. 맛의 조화, 깊이, 향, 내포성을 위해서도 병배를 하고, 양 늘리기와 단가 낮추기, 맛의 평균 잡기 등을 위해 병배를 하기도 한다. 그러다 보니 병배차가 품질이 떨어진다는 인식이 퍼지게 된 것 같다. 하지만 병배차가 찻잎의 품질이 떨어질 수는 있을지언정 맛이 부족한 건 아니다. 오히려 더 풍부한 맛을 내는 경우가 많다.

단주차의 인기가 갈수록 높아지면서 물량이 부족해지자 최근에는 같은 지역에서 자라는 비슷한 수령의 나무 몇 그루에서 딴 찻잎으로 만든 차도 단주차로 인정해 주는 문화가 중국에서 생겨나고 있다. 단주차가 테루아와 특정 나무의 찻잎을 구분 지어 즐기도록 하는 역할을 한다면 이 정도 용인은 필요해 보인다. 차 생활이 어느 정도 무르익어 간다면 단주차를 마셔가며 자신의 취향을 찾아보는 것도 좋은 일이지 싶다.

어느 밤 짧은 차생역정을 돌아보며

"차 책 하나 쓰면 어떨까요?"

유난히 춥던 어느 겨울날이었다. 찻집에 앉아 보이차를 마시며 몸을 녹이다가 걸려 온 전화를 받았다. 전화 너머에서 중저음이 매력적인 최갑수 작가의 목소리가 들려왔다.

"제가 할 수 있을까요?"

반 거절하는 멘트로 우선 답을 미뤄놓고 생각에 잠겼다. 아주 짧은 찰나였지만 체감상 일주일 같은 적막이 흘렀다. 머릿속에서는 귀국한 지 얼마 되지 않아 일도 낯설고 체력도 돌아오지 않았는데 괜히 쓴다고 했다가 폐를 끼치는 것이 아닐까 하는 생각이 가장 먼저 지나갔다. 두 번째 스치는 생각은 내가 뭐라고 차에 관한 책을 쓰나였다.

차를 처음으로 접한 건 대학 시절 중국에 어학연수를 갔을 때였다. 같은 학교 기숙사에 살던 H 형이 우려주던 홍차와 우롱차를 마셨던 게 차와의 첫 만남이었다. 햇수로는 20년. 그러나 이 숫자는 의미가 없다. 제대로 차를 마시는 다인의 길에 들어선 것은 베이징 특파원으로 부임한 2017년부터다. 고작 5~6년 경력으로 문헌 자료로 가득한 차 책을 쓰기란 무리다. 5초가 지나고 다시 한번 고사하는 멘트를 하려는 데 "에세이로 쓰면 어때요?" 하는 최 작가님의 목소리가 다시 들려왔다.

에세이라······. 차 글은 틈틈이 써둔 것이 있지만 에세이가 아니라 정보 전달에 초점을 맞춘 글뿐이었다. 아직도 그 순간 왜 그랬는지 모르겠다. 도저히 상황이 여의찮을 것 같다는 판단에 머리에선 고사의 뜻을 전하라고 입에 명령을 내렸다. 하지만 입에서 "네." 하는 말이 불쑥 튀어나왔다. 아뿔싸, 어쩌려고 그랬을까!

답을 해놓고 보니 연중 기획을 두 개나 준비하던 중에 물리적으로 책을 쓰는 게 가능할까 싶은 걱정이 앞섰다. 하지만 물은 이미 엎질러졌다. 후회만 하고 있을 순 없지. 일단 써보자 하는 심정으로 내 인생 첫 차 에세이를 써 내려갔다.

사실 최 작가님의 제안을 거절할 수 없었던 이유는 "입문자를 위한 책입니다"라는 멘트 때문이었다. 차를 마시는 사람, 다인은 절대로 홀로 될 수 없다. 하나의 다인이 나오기 위해서는 주변에 돕는 사람이 둘 이상은 있어야 한다. 내가 차를 처음 접하고, 차 공부를 하고, 차 강연과 차회를 열기까지 수많은 차우茶友들의 도움을 받았다. 차우들이 없었다면 절대로 차와 관련한 일을 하지 못했을 것이다. 내가 대단한 다인은 아니지만 입문자들이 여전히 높기만 한 차의 문턱을 넘는 데 도움이 될 수 있다면 못 쓸 것도 없겠다는 생각이 들었다.

전화를 끊고 원고를 써 보려고 전에 써둔 글을 모니터에 띄웠다. 그리고 책상 앞에 앉았다. 30분이 넘도록 단 한 글자도 쓸 수가 없었다. 무슨 말을 써야 하나. 지금까지 학술적이거나 차를 소개하는 차 서적은 많이 봤는데 차 에세이는 본 적이 없었다. 한참을 낑낑대다가 최 작가님과 카톡으로 나눴던 대화를 뒤적였다. 짧지만 명쾌한 디렉션direction이 거기에 있었다.

'어떻게 차를 만났고, 어떻게 차를 사랑하게 됐고, 차가 내 인생에 어떤 의미이며, 차가 내 인생에 어떤 영향을 주었나.'

그래, 차를 처음 마셨던 2017년 1월 베이징 공항의 추운 겨울날부터 시작하자. 꼭 오늘처럼 추운 날이었다. 한번 시작된 문장은 꼬리에 꼬리를 물고 이어졌다. 정신없이 쓰다 보니 어느새 늦은 밤이 됐다. 밤잠을 설치지 않게 부드러운 보이 숙차를 한 잔 우려 홀짝거리며 마셨다. 처음 차를 마시던 그날처럼. 다음날 샘플로 만든 원고를 최 작가님께 보내고 에세이로 내기에 문체의 톤이 맞는지 물었다. "좋네요." 돌아온 그 한마디에 다시 원고를 써 내려갔다. 이 책은 그렇게 세상에 나왔다.

나의 차생역정茶生歷程을 돌아보는 것 같은 책을 쓰고 나니 고마운 사람들의 얼굴들이 떠오른다. 책을 쓸 수 있게끔 옆에서 으샤으샤 응원해주신 최갑수 작가님, 차를 처음 가르쳐준 황문호 형님, 나의 첫 차 선생님인 김진영 선배, 도연당 최임건 실장님, 차예관 한 켠을 집필 공간으로 기꺼이 내어 주신 이우정 선생님, 한 마디 한 마디가 울림을 주는 서해진 지유명차 갤러리 GU 대표님, 그리고 언제나 나를 지지해주고 아껴주는 SML. 추천사를 써주신 김세리 선생님께도 감사의 인사를 전합니다.

- 2023년 어느 늦은 봄